ブリクセン／ディネセンについての小さな本

EN LILLE BOG OM BLIXEN
by Sune de Souza Schimidt-Madsen

スーネ・デ・スーザ・シュミット=マスン
枇谷玲子 訳

子ども時代
Barndom Books

ブリクセン／ディネセンについての小さな本
目次

The translation has been published with the financial support of the Danish Arts Foundation.

Danish Arts
Foundation

二〇一二年　デンマーク語初版前書き

この本は私の溢れんばかりのカレン・ブリクセン愛から生まれました。二〇〇八年、私は職なし、一文なしで、家族とともにブラジルから自宅に戻りました。親しい友人にとり持ってもらい、ロングステズロンにあるカレン・ブリクセン博物館の警備員として雇ってもらえました。これがブリクセン作品への波瀾万丈な愛のはじまりでした。愛というものが、しばしばそうであるように、回り道もたくさんしましたが。

ロングステズロンはデンマークののどかな田園地帯にあります。カレン・ブリクセンの父が一八七九年に購入してから今日まで、この家は代々受け継がれてきました。カレン・ブリクセンは一九三一年にアフリカから戻ると、母親の住んでいたこの家に身を寄せました。一九三九年に母親が亡くなった後も、生まれ育ったその家で暮らしました。一九六二年にブリクセン本人が亡くなる前、家政婦のカロリーネ・カールセンに宛てた遺言状で、彼女が亡くなるまでこの家に住むことを許しました。ミセス・カールセンは長寿で、屋敷が博物館になった時にも、まだそこに住んでいました。そのため、初めの数年、ロングステズロンは博物館兼ミセス・カールセンの家だったのです。老家政婦は来館者の間を縫って館内を歩き回り、葉巻を吸ったり、家具のほこりを払ったりしました。ロングステズロンのドアベルには今でも、“fru Carlsen”（ミセス・カールセン）の文字が刻まれています。

そのようにして百年以上残されたその邸宅の家具はカレン・ブリクセンが五十年前に残した時のまま保存されています。壁の装飾もカレン・ブリクセンの手によるもので、引き出しを開けると別の時代の忘れられた奇妙な物品が見つかるのです。私が博物館で働いていた秋、屋根裏からアフリカの短剣と金貨が発見されました。このように、博物館は魅力的な生きた考古学資料のようであり、部屋にいると完全に特別な雰囲気に心をつかまれずにはいられません。

カレン・ブリクセンはユーモアのある人でした。マリ族の召し使いファラーから贈られた宝箱の後ろからは、《犬》と書かれた小さなフックが見つかりました。店の外によくある犬のリードや鎖を引っかけるためのフックです。このような細部が再現されていても見逃されがちですが、注意深く探せば、元の状態に極めて近い形で保存された多くの興味深いこだわりを見つけることができます。

博物館が観光客でごった返す夏季には、警備員だった私は館内を走り回る必要がありました。しかし、寒い冬の日には部屋はしばしば空っぽで、大きな柱時計が十二回鳴る中、座って思索にふける時間がたっぷりありました。ちなみにその柱時計は「預言者」と呼ばれており、アフリカの農場にあったものです。農場はイスラム教徒の地域にあり、金曜日が休息日だったため、カレン・ブリクセンはいつも金曜日に「預言者」のネジを巻きました。この習慣は今でも引き継がれ、ロングステズロンでは毎週金曜日にこの柱時計のネジが巻かれます。

勤務中、時間がある時、私が他にしていたのは読書でした。ミュージアムショップにはカレン・ブリクセンの本がたくさんあり、それらが彼女の物語への入り口となりました。これは驚くべき偉大な体験でした。ブリクセンの声には時を超えて心に響く何かがあり、彼女が光を放ちながらすぐ目の前に立っているように感じられたのです。私にとってそれが新たな世界への発見の旅となったように、読者の皆さんをこの本を通じ、探検の旅に案内したいと思います。

ブリクセンは私の心を鷲づかみにして、放すことはありませんでした。幸運にも私は博物館の学校サービス部門に採用され、小中学生や高校生、そして教育学部の学生たちにカレン・ブリクセンの作品について話したり、ブリクセンの手法をもとに創作について教えたりする機会を得ることができました。二〇一〇年にはカレン・ブリクセンの作品について文学の修士論文を書きました。途中、私は出版業界で働きましたが、その仕事にも彼女が影響しました。二〇一二年の春に私は同僚たちをロングステズロンのガイドツアーに招待しました。博物館は閉館日にもかかわらず親切にも扉を開けてくれ、私はブリクセンの部屋でガイドを務めました。同僚たちは驚くほどポジティブに反応してくれました。出版社の編集者は批判的な人が多く、白状すると、私は初め、少し声が震えていました。この経験の後、私は忘れてしまう前にすべてを書き留めておこうと決意しました。何より自分自身のために。こうして、この本は生まれたのです。

四年間にわたる考察や体験、熟考と知識を総動員し、熱に浮かされたように私はこの本を書きました。出版社の編集者、ローネ・セルフォートに感謝の意を表したいです。彼女のコメントや訂正、そして笑顔がなければ、この任務を遂行することはできなかったでしょう。また、元カレン・ブリクセン博物館長のマリアンネ・ヴィーレンフェルト・アスムッセン、現館長カテリーヌ・レフェブヴレ、学校サービス部門の責任者で博物館学芸員のアンネ・ソフィ・ティーデマン・ダルをはじめとするロングステズロンの皆さんにも感謝を伝えたいです。博物館を訪れた際、すばらしい逸話を語ってくれたブリクセンの甥トーレ・ディネセンや、博物館での仕事に応募する際、助言をくれたカレン・ブリクセンの旧知の編集長オットー・B・リンドハルトにも感謝します。最後に、刊行前にこの本の原稿を読んでくださったラッセ・ホーネ・ケルゴー、シャロッテ・エングベア、リーネ・ウンガーマン・シュミット＝マッセン、ポール・ベーレントにも感謝の意を表します。

できるだけ話し言葉に近い、簡潔で生き生きとした文体で書くよう努めました。そのため注は極力つけないようにしました。巻末にはカレン・ブリクセンの作品についてより深く知りたい方のために、私が参考にした文献を簡潔にまとめました。

この本をブリクセンの作品を読んだことがない人にも、文学愛好家やブリクセンのファンにも楽しんでいただけるよう願っています。そして、ページをめくる中で一つ、二つでも驚きを見つけていただけたら光栄です。

二〇一九年　デンマーク語改訂版前書き——ブリクセンとの人生

二〇一二年、この本の執筆当初は、カレン・ブリクセン博物館を訪れる人たちがカバンに入れて持ち歩いたり、帰りの電車の中で読んだりできるような薄めのガイドブックを作るつもりでした。

本のタイトルには、*“Den lille bog om Blixen”*（ブリクセンについてのその小さな本）と、デンマーク語の定冠詞の《den》（英語の the に当たる）を使っていました。ですが当時、出版社でノンフィクション部門の編集長をしていた上司のラース・ボースゴーが、不定冠詞の《en》（英語の a/an に当たる）を使う方が、堅苦しくないのではないかと助言してくれました。

そのような精神《マインド》の下、カレン・ブリクセンの人生と作品世界へ読者を誘う堅苦しくない入門書を作ろうという意図でこの本は書かれました。ところが書いていくうちに、小さかったはずの本は日増しに分厚くなっていき、最終的に冊子ではなく、二百三十四ページ（デンマーク語原書のページ数）にも及ぶ立派な本が出来上がりました。

この本には、二〇一一年に私が書いたカレン・ブリクセンとキルケゴール、そして「幸福な原罪」に関する文学修士論文も収録されることになりました。

拙書への反響の大きさには驚かされるばかりでした。特に二〇一三年にデンマーク文学批評家協会からギーオウ・ブランデス賞を授与されたことは、文学を専攻した者にとって、これ以上ない名誉でした。

多くの注目を浴びる一方で、伝記の部分にいくつか誤りがあるというご指摘も受けました。それらの誤りはまず電子版で訂正できましたが、私は印刷版での訂正も強く望んでいました。

この新版の出版に際し、ハンス・ヘアテル、ヨーアン・ストームゴー、シューアン・ホイマーク、レーネ・ブラントの各氏に感謝の意を表したいと思います。特にハンス・ヘアテル氏には、二〇一五年の豪華版の出版に際し、コンサルタントとして多大な支援をいただき、心より感謝しています（今回の邦訳は、二〇一九年の改訂版の本文の翻訳に、二〇一五年にデンマークで出された豪華版に掲載されていた多数の写真から選りすぐった二十三点の写真を加えたものです）。

私はブリクセンのことを、何か特別な神秘的な発明者ではなく、むしろ発見者、魂の地図製作者と捉えています。実存的リアリストとも言えるでしょう。人生が肥大化し、私たちがかつて信じていた真実がもはや通用しないと感じた時、訪れる現実を描写しています。

私たちはすべてを失い、自分自身と世界の前に裸で立たされる時、真に自分が何者であるかに気付かされるのです。カレン・ブリクセンは愛が訪れる時、あるいは死が扉を叩く時に、扉から入ってくる現実を知っていました。私たちが一つの言葉でしか言い表せない力――それは生命です。

スーネ・デ・スーザ・シュミット＝マスン、二〇一九年七月

二〇二四年　日本語版前書き

十年前にこの本を書いた以前もその後も、私は生涯を通し、ブリクセンとともに歩んできました。彼女についての講演を数百回も行ってきましたし、有名な大学や田舎の小さな集会所、教会や小学校などで、反抗的なティーンエイジャーから高齢者まで様々な人に向け、話をしてきました。さらにテレビ番組に出演したり、映画プロジェクトの監修を務めたり、ラジオで話をしたり、彼女の物語をもとにした創作の授業を行ったりもしてきました。カレン・ブリクセンを私の人生とは切っても切り離せない旅の仲間のように感じてきました。

とりわけ楽しかったのは、二〇二一年の全国放送のラジオ番組への出演でした。これは著作『地に足をつけて生きろ！　加速文化の重圧に対抗する7つの方法』（田村洋一訳、Evolving、二〇二二年）がデンマークで大ベストセラーになった作家、心理学者、評論家のスヴェン・ブリンクマン司会のラジオ番組で、リスナーに質問を募り、カレン・ブリクセンならそれらの質問にどう回答したかを私が考え、答えたのです。それは非常に豊かな経験でした。なぜならカレン・ブリクセンは単なる作家ではなく、もう一人の有名なデンマーク人、セーレン・キルケゴールにも並ぶ哲学者でもあったと私は感じているからです。彼女が持っていた人生の知恵と、それを言葉にする力は、彼女が生きていた当時と同じく、今日にも通用することでしょう。

新たな場所を訪れ、カレン・ブリクセンについて話すたび、彼女の物語が発展していくのを感じてきました。私はまだ彼女の人生の知恵の表面をなでているに過ぎないとしばしば感じます。話を聞きに来てくれた人たちからの質問から、新たな視点を得ることもできました。そして次第に、人にはそれぞれのブリクセン像があるという確信に至りました。彼女の物語は非常に強力で特別で、私たち一人一人の心の扉を開き、私たち自身の物語に続く道へと導いてくれるのです。

ある夏、カレン・ブリクセン博物館を日本からのゲストが訪れました。私はそのゲストを庭に案内し、日時計を見せました。日時計には、"Nunquam umbra sine luce"《光なければ影もなし》という銘が刻まれています。私はそのゲストに、光と影がカレン・ブリクセンの人生と彼女の語りにいかに影響を与えたかについて話しました。私は日本語を話せませんが、その日本人ゲストは、日本にも同じ意味の言葉があると教えてくれました。それを聞いて私は、国は違えど、共鳴する部分があると知ったのです。

カレン・ブリクセンの言葉が旅立ち、戻ってくるたび、橋が架けられ、時空と国境が繋がるのを目の当たりにしてきました。この本が日本語で出版されることは、私のカレン・ブリクセンとの旅のエキサイティングな新たな一章です。日本の読者の皆さんがこの本を楽しんでくださるよう願っています。

スーネ・デ・スーザ・シュミット＝マスン

第一章　デンマークの田園地帯で過ごした子ども時代

コペンハーゲンとヘルシングワーアのちょうど中間地点に、古い宿屋があります。何世紀にもわたり、旅人たちが暖をとり、食事をし、夜を過ごそうと、この宿屋に立ち寄りました。ですが、百年あまり前、夜中に馬でやって来た旅人が、家の窓から漏れる明かりを闇の中で見つけたとしても、そこに宿屋はありませんでした。代わりに、もし旅人が馬から下りて、屋敷の庭の砂利道を歩いたなら、非常に特別な劇場の観客になりえたでしょう。

恐ろしい呪いにかけられた小さな宿屋を舞台にしたその劇は、カレン・クリステンチェ・ディネセンという名の若い娘によって書かれました。家庭内で、彼女はいつも《タネ》と呼ばれていました。後に彼女は世界で"Isak Dinesen"《イサク（アイザック）（Isak は英語圏の人たちが発音するとアイザックに、デンマーク人が発音するとイサクになることが多いようです。また旧約聖書のイサクが関係していること、日本でもイサクと表記されることが多いことから、イサクという表記を本書では用いることにします）・ディネセン（Dinesen は英語圏の人たちからはディネセン、またはディネーセンと発音されることが多いようです。デンマーク語ではディーネセンまたはディーネスンと発音しますが、日本でよく見られるディネセンという表記を本書では用いることにします)》、祖国デンマークで“Karen Blixen”《カレン・ブリクセン》という名で知られるようになります。

　宿屋はその頃にはもはや宿屋として機能しなくなっていました。ロングステズロンと呼ばれるその元宿屋で、彼女は幼少期を過ごすことになります。一八八五年に彼女が生まれたのもここで、病み、ぼろぼろになり、離婚し、一文なしになってアフリカから戻ってきた際、母親のもとに身を寄せようと戻ってきたのもここでした。息絶えたのもここで、彼女が現在、眠るのもここの周りにある公園の大きなブナの木の下です。

　部屋で上演されていた劇の一つ、『真実の復讐』では、すべての嘘《うそ》が現実と化す呪われた夜について描かれていました。この女性作家の人生を深く探ると、現実と虚構《フィクション》を区別するのがどれほど難しいかというテーマが、頻繁に登場することに自然と気づかされるでしょう。嘘《うそ》はしばしば真実の仮面をかぶり、劇はしばしば現実の物語《ストーリー》を語ります。同時に、劇からは人生についての深い洞察が得られ、若い少女がこれほどまでに深い人生経験を内に秘めているとは半ば信じられないほどです。

　若きカレン・ディネセンはすでに人生の明暗両方を味わっていました。この洞察から彼女は洗礼の贈り物を授かりました。これを象徴するのが、宿屋の前の庭に立つ日時計です。その日時計は、一八八一年にカレン・ブリクセンの父、ヴィルヘルム・ディネセンがロングステズロンに若妻、インゲボー・ヴェストエンホルツと移り住んだ際に設置されました。他の多くの日時計がそうであるように、この日時計の石の部分にはモットーが刻まれていました。ですがブリクセンの庭の日時計には、《私のように、明るい時間だけ数えろ》といった類の励ましの言葉は刻まれていませんでした。代わりに、“Nunquam umbra sine luce”《光なければ影もなし》というラテン語が刻まれていました。これは厳かな響きを持ち、半ば碑文のようで、カレン・ブリクセンの人生に光と長い影の両方を投げかけることになるヴィルヘルム・ディネセンの魂をよく反映しています。

ヴィルヘルム・ディネセンは軍人の家系の出でした。彼の父、アドルフ・ヴィルヘルム・ディネセンは、若い頃にフランスで戦争に参加し、現在のアルジェリアでイスラム教徒の戦士アブドゥル・カーディル（フランスのアルジェリア占領に対する反乱の指導者でアルジェリア民族運動の父。一八三二年から諸部族を率いてフランス軍に対してジハードを展開したが、四七年に降伏した。四八年からフランスで捕虜となったが、ナポレオン三世により釈放された）と戦いました。ディネセン・シニアは、この敵にひどく魅了され、帰還後の一八四〇年にアブドゥル・カーディルについての包括的な著作を出版しました。この見知らぬ地に旅し、本を一冊書いて戻ってくるというパターンは、家族内で繰り返され、カレン・ブリクセンで頂点に達しました。帰国後、アドルフ・ヴィルヘルム・ディネセンは三年戦争で功績を収め、ダンネブロー勲章を授与され、新民主主義国家の左派政党議員になり、息子ヴィルヘルム・ディネセンを儲けました。ヴィルヘルム・ディネセン・ジュニアは多くの点で父親の足跡をたどることになりました。彼は一八六四年に戦地で洗礼を受け、そこで六十歳近くで志願兵となった父親と肩を並べて戦いました。この戦いはヴィルヘルムにとっては最初の、父親にとって最後の戦いでした。どちらも生き長らえましたが、デンマークの敗北は国家の魂に深く染みつくこととなります。そのためヴィルヘルム・ディネセンは復讐の念に駆られ、一八七〇－七一年の普仏戦争でフランス軍に志願し、ドイツ軍と再び戦いました。さらなる敗北の後、ヴィルヘルム・ディネセンはパリ・コミューンの時代を経験し、戦争中に両陣営への信頼を失いました。精神的に傷ついた彼は北アメリカに渡り、ウィスコンシン州の先住民とともに暮らし、狩人として毛皮を売り、生計を立てていました。先住民は彼にヘーゼルナッツを意味する《ボガニス》という名前を与えました。彼はその名前を受け入れ、後にデンマークに戻って作家になると、それをペンネームにしました。彼の作品には、一八六四年の戦いの描写である『第八旅団』や、パリ・コミューン下での卓越した目撃談、そして今も流通している優れた狩猟書簡集が二つあります。

一八七〇年代の終わりに、ヴィルヘルム・ディネセンは再び戦場に立とうとトルコ・ロシア戦争に参加しようとしましたが、今回は願いは叶いませんでした。代わりに彼が出会ったのは、カレン・ブリクセンの母となる十一歳年下のインゲボー・ヴェストエンホルツとの愛でした。

インゲボーとヴィルヘルムは昼と夜のようでした。ヴィルヘルムが落ち着きのない冒険家で、芸術家の魂の持ち主だったのに対し、インゲボーは敬虔《けいけん》で真面目な市民家庭の出でした。彼女は財務大臣のライナー・ヴェストエンホルツと、その妻でコペンハーゲンで最も裕福な商人の一人で、国家顧問だったA・N・ハンセンの娘、マーリの娘でした。一家は三位一体を否定し、イエスを神の息子とする信仰を持たず、一神教を信じるユニテリアン教会の信者でした。

ヴィルヘルムとインゲボーという非常に気質が異なる二人の出会いにより、若きカレン・ブリクセンは愛の戦地に立たされ、それにより彼女の作品全体が影響を受けました。カレン・ブリクセンの物語では、愛はしばしば暴力的で、生命の活力となると同時に、暗く深い悲劇をもたらします。ヴィルヘルムはインゲボーとの新婚旅行から戻った際、こう言いました。「将来何が起こっても、私たちが五月の最終日にやって来たこの場所が美しかったことや、君が幸せだったことを覚えていてくれるかい？」

ヴィルヘルムとインゲボーがロングステズロンに移り住んだのは、何よりもヴィルヘルムがこの地の歴史に魅了されたからでした。コペンハーゲンとヘルシングワーアの間にある家屋で最も古いロングステズロンの壁が話せたなら、すばらしい物語を語ってくれたことでしょう。地下室の漆喰は十六世紀にまで遡《さかのぼ》り、その歴史の長さを静かに物語っています。ロングステズロンはロングステズ港のすぐそばにあり、ヴィルヘルム・ディネセンの書斎からは、十六世紀に天文学者ティコ・ブラーエが天文台を構え、宇宙が永遠ではなく、星も人間のように生まれ、そして死ぬことを発見したヴェン島が見渡せます。

ヴィルヘルム・ディネセンはその書斎を《イーヴァルの部屋》と呼んでいました。昔、大詩人ヨハネス・イーヴァルがその宿屋に滞在し、父とともにヴィルヘルム・ディネセンの書斎で執筆したとされていたからです。カレン・ブリクセンの人生の物語に常に空想と現実が同じくらい含まれていたように、イーヴァルが実際にその部屋で生活していたかどうかは誰も知りません。ヨハネス・イーヴァルは、今日ではデンマークの国歌『クリスチャン王は高きマストのそばに立ち』を書いたことで特に知られていますが、当時は豪放な生活と強いアルコール愛で知られていました。そのため、彼の母親は彼を町外れのロングステズ宿屋に滞在させました。後にイーヴァルは詩『ロングステズの幸福』を書きました。地元では、イーヴァルがどこで詩を書いたのかについて様々な説があります。例えば、この地域には青銅器時代の塚が二つあり、どちらも《イーヴァルの塚》と呼ばれています。そのうちの一つは、当然のことながら、カレン・ブリクセンの土地にあります。ヨハネス・イーヴァルはブリクセンの創作に多大な影響を与えました。後に彼女は彼のことを「デンマーク一高く澄んだ声」の持ち主と呼び、彼について「我々の名前が昨年の雪のように忘れ去られた後も、イーヴァルの声は依然として澄んで響くことでしょう。そして私たちは立ち止まり、こう考えるのです――時間は実際には存在しない。本当の生命を持つものは墓に葬られはしない。我々は永遠の中を生きているのだと」と美しく綴《つづ》っています。

　カレン・ブリクセンはイーヴァルを「ロングステズロンの一員」と感じていましたが、ロングステズロンに滞在した偉大な詩人は彼だけではありませんでした。スウェーデン戦争の間、若きルドヴィ・ホルベアはウーアスン海峡沿いを散策していて、王の兵士たちに捕まりました。ホルベアはノルウェー人で、やや訛ったデンマーク語を話しました。兵士たちは彼の言葉をスウェーデン語と勘違いし、彼をスパイだと思って捕らえました。当時の若者たち同様、短剣を携えておくことをステータスと捉えていたホルベアは、持っていた武器をとり上げられ、王の兵士たちが宿営していたロングステズの宿屋に鎖でつながれました。彼がただのコペンハーゲン大学の学生であることに気づいた兵士たちは、すぐに彼を釈放しました。後にホルベアがデンマーク最大の劇作家になると知っていたら、兵士たちは恥ずかしくて顔を赤らめたことでしょう。

他にも多くの有名人が――ハンス・クリスチャン・アンデルセンから、(古い宿屋の主人の夫人だった十一歳年上のカロリーネ・ダーヴィドとスキャンダラスな情事を重ねた)ギーオウ・ブランデスまで――時代を超えてロングステズロンを訪れました。ロングステズロンにまつわる多くの逸話により、ヴィルヘルム・ディネセンはこの地に魅了され、この地だけでなく、隣のフォーレヘーヴェ屋敷やそれに付随する森までも購入したのです。それとは別により現実的な理由もありました。当時、ロングステズはただの小さな漁村でしたが、ヴィルヘルム・ディネセンは《海岸通り》という住所が価値を持つようになると予感していました。彼はその時点で間もなく鉄道が敷かれるだろうと予想していましたが、その予想は十六年後に現実のものと化しました。鉄道の海岸線が一八九七年八月二日に開通し、現在その線は鉄道網で最も便数の多い線であり、海岸通りはデンマーク国内で最も名の知られた地名の一つとなっています。

インゲボーとヴィルヘルムは、ロングステズロンで五人の子どもを授かりました。カレン・ブリクセンは一八八五年に第二子として生まれました。きょうだいの中で、特に弟のトマス・ディネセンは、父と同じ道を歩みました。トマスはヴィルヘルムのように冒険家で、後に軍人と作家の両方になりました。第一次世界大戦中、防空壕の道を切り開き、バヨネット（小銃の先に着ける銃剣）と手榴弾で十二人のドイツ兵を自ら倒し、フランスのクロワ・ド・ゲール勲章とヴィクトリア十字勲章を授与されました。彼の作家としての作品には、西部戦線の記憶を綴《つづ》った『ノー・マンズ・ランド』や『マサイ保護区への旅行日記』、そしてより哲学的な『斧』などがあります。

カレン・ブリクセンの父親が戦闘に参加することはありませんでした。ロングステズロンの領主として、最後まで妥協しませんでした。国会は当時、左派と右派に分かれており、ヴィルヘルムは両派に対して懐疑的で、最終的には無所属で国会議員に当選し、自然保護や狩猟法の整備にとり組みました。

当時、国会議員は交渉の際、コペンハーゲンに赴き、そこで宿屋に泊まるのが常でした。ヴィルヘルム・ディネセンが運命的な三月の夜に、自殺という選択をしたのも、この宿屋でのことでした。自殺は彼が政治的な敗北を味わった直後に行われましたが、その行動の真相は究明されていません。

二部作『キャプテン・ディネセン』（二〇一四年）の作者である歴史家トム・ブック＝スウィエンチュは、この謎に迫った一人です。二〇一五年三月、彼はヴィルヘルム・ディネセンがメイドのアンナ・ラスムセンを妊娠させたこと、その時、彼女が妊娠六カ月だったことを証明できるとしました。ヴィルヘルム・ディネセンを自殺に駆り立てたのは、恥の感情だったのでしょうか？

答えは歴史の中に隠されていますが、どんな説明をもってしてもヴィルヘルム・ディネセンの穴を埋めることはできません。自殺は家族に重い影を落とし、当時九歳だったカレンの人生に深い傷を残しました。

カレン・ブリクセンにとって、父の自殺は筆舌に尽くし難い悲しみでした。父は彼女に自然を愛することを教え、鳥の名前を教え、後に彼女が芸術家になるきっかけを与えました。悲しみは行き場を失った愛だと言われますが、ヴィルヘルム・ディネセンの死後、ロングステズロンのうら若き少女に大いなる孤独が訪れました。家が空っぽだったからではなく、むしろその逆でした。ヴィルヘルム・ディネセンが妻と五人の子どもを遺し先立つと、カレン・ブリクセンの叔母たちや祖母が家庭内で幅をきかせるようになりました。彼女たちは、千五百メートルしか離れていないフォーレヘーヴェ屋敷に住んでおり、カレンと彼女の妹たちは時期によってフォーレヘーヴェ屋敷とロングステズロンを転々としました。叔母たちと祖母はどちらもカレンの母親と同じくユニテリアン教会の会員でした。

子どもの時、カレン・ブリクセンは学校に行かず、自宅であるロングステズロンで教育を受けました。彼女の作文は、すでにその頃から豊かな想像力に満ちており、そこには《叔母さん軍団》に反抗する様子が描かれています。名作『バベットの晩餐会』（邦訳は『バベットの晩餐会』イサク・ディーネセン著、岸田今日子訳、シネセゾン、一九八九年／『バベットの晩餐会』アイザック・ディネーセン著、桝田啓介訳、筑摩書房、一九九二年）で、初老になったブリクセンが、外界から隔絶された敬虔《けいけん》なノルウェーの家庭で育つ姉妹について語っています。ある時、小さな閉鎖的な社会に、長らく不在だった士官が訪れ、そのことで少女たちに強い感情を呼び起こしました。『バベットの晩餐会』は、カレン・ブリクセン自身の子ども時代と同じく、敬虔《けいけん》な叔母たちが家にいて、時折、亡霊のように家の中を歩く父親の記憶を描いたものと考えられます。

二年後、一家はさらなる悲劇に見舞われました。ロングステズロンが母屋だけしか残らないほどの激しい火事に見舞われたのです。カレン・ブリクセンの母親は農業の継続を断念しました。

1888年頃、ロングステズロンのベランダにいるヴィルヘルムとインゲボー・ディネセン。一緒に写っているのは、３人の娘たち。左がインガー（愛称イア）、前がカレン（愛称タネ）、右がエレン（愛称エレ）。後に夫婦には、２人の息子、トマスとアナスが生まれました。

インゲボー・ディネセンと5人の子どもたち、1896年頃撮影。一番左がカレン。末の弟アナスは1894年に誕生。トマスは成人すると、志願兵として第一次世界大戦に参戦し、ヴィクトリア十字勲章を授与されることになりました。写真中のトマスは初めての銃を握っています。

ヴィルヘルム・ディネセン。自殺する前年の1894年に撮影されたものか。1886年から1891年の間、《ボガニス》というペンネームで日刊紙ポリティケンにたくさんのコラムを書きました。それらは『狩猟書簡』（1889年）と『新しい狩猟書簡』（1892年）という本にまとめられました。

第二章　画家としてのカレン・ブリクセン

カレン・ブリクセンは子どもの頃からすでに野性的で芸術的な魂を持っていました。家の部屋で行う劇の他、絵を描くことにも夢中でした。十七歳の時に芸術家になると宣言しましたが、母親や《叔母さん軍団》にはなかなか受け入れてもらえませんでした。叔母たちは彼女の自立を支持していなかったわけではなく、むしろ進歩的な人たちで、女性の解放を歓迎していましたが、カレンの芸術家気質《かたぎ》とは相容れないキリスト教的人道主義者でもありました。叔母のべスは、カレンと妹のエレンをヒレレズという町にあるグルントヴィの思想に基づく生涯学校フォルケホイスコーレに入れましたが、カレンには合わず、一度出席したきり行かなくなりました。後に彼女はこう書いています。「私は一度だけフォルケホイスコーレに行ったことがあります……従順な子どもたちを欺き、肉体と精神の間に境界線を引くその学校に、私は嫌悪感を抱きました……頭の硬い青少年教育者にとって、美意識などというものは恥であり、感覚の鋭さなどは手に負えないものでした」

カレンは意志を通し、絵画学校に行くことにしました。翌年、芸術アカデミーの女子向きの準備学校の入学試験を受け、合格しました。入学試験の課題として彼女が描いた三枚の大きな木炭画は、現在もロングステズロンに展示されています。

芸術アカデミーとの出会いにより、カレンは初めて本格的な学生生活を送ることになりました。家族としか交流のない上流階級の中で守られた少女が、突然社交界に投げ出され、同じ志を持つ若い芸術家たちに出会ったのです。この経験は衝撃的なものでした。後に世界的作家になる彼女も、初めは「本物の芸術家たち」との出会いに圧倒され、壁際で小さくなっていました。彼女は後にエッセイ『四枚の木炭画に』（一九五〇年、ベアリンスケ夕刊紙初出）（邦訳は『ダゲレオタイプ　講演・エッセイ集』奥山裕介訳、幻戯書房刊行収録予定）にこう書いています。「私はすべての芸術家に深い敬意を持ち、すべての同級生が自分よりも優れていると確信していました。このような内向的な性格が私に深く根づいていたため、アカデミーの初期には自分から積極的に才能ある人々に話しかけることなどできませんでした」。それでも、この物怖《ものお》じしてばかりの少女も、ほどなくして積極的な学生の一人となり、信頼できる代表者、スポークスマンとして活躍し、学生連盟の一員として舞踏会や仮面舞踏会を主催し、自らもピエロの仮装をして参加するまでになるのです。

一九〇七年から一九〇八年にかけて、彼女はペーター・ロウレスというアーティスト名で、風刺週刊誌『クロッツ・ハンス』に風刺画を描きました。同誌で若き日のストーム・P（デンマークの有名な風刺画家）が数年前にデビューしていました。入学試験のための木炭画を提出した翌年、彼女は忌み嫌われていた自由思想家ギーオウ・ブランデスに長い手紙と花束を贈りました。当時、ブランデスは入院中でした。伝記作家のジュディス・サーマンは、伝記『イサク・ディネセン――ストーリーテラーの人生』の中で、その手紙を受けとった時の彼の胸中や、その後ロングステズロンを訪れた経緯について描いています。しかし、母インゲボーにとって娘がブランデスと関わるのは受け入れがたいことでした。ブランデスは六十歳を超えていましたが、女泣かせの悪名が高かったのです。わずか十九歳の影響を受けやすい少女にブランデスがよからぬことを目論みやしないかと思ったのです。ブランデスが玄関に来た時、インゲボーはカレンが不在であると告げました。彼が去った後、カレンは《叔母さん軍団》に呼び出され、事情を説明するよう求められました。インゲボーの怒りを買ったとはいえ、彼のおかげで今日私たちはカレン・ブリクセンの画家としての時代を知ることができます。彼女の作品の多くは保存されていませんが、少数の作品、特に入学試験のための木炭画は、母がロングステズロンの屋根裏に安全に保管していたため、今日まで残っています。

　彼女の手から生み出された肖像画は、人間の表情や心の奥の情景を捉える彼女の鋭い観察眼の賜物で、特に三枚の油絵は彼女が画家としてのキャリアを諦め、ブロール・ブリクセンと結婚してアフリカに移住した後に描かれたもので、その特異性が際立っています。

　一枚目の絵は、エレリという名のキクユ族の老人を描いたものです。カレン・ブリクセンがエレリを描いたのは、彼の人相に惹かれたのではなく、彼の容貌がデンマーク黄金時代の民衆画と親和性が高かったからだとしています。エレリの深く落ち窪んだ目と風雨にさらされた顔に、彼女は北海沿岸のデンマーク人漁師の面影を見ました。これは、ブリクセンの世界との向き合い方を示しています。アフリカへ旅立った時、彼女を圧倒したのは「異国の未知なるもの」ではなく、彼女が見つけ、映し出し、親しみを覚えたものだったのです。アフリカは、文明化された世界から失われたと彼女が感じていた荒削りで純朴な人間性が残るエデンの園のように思えました。アフリカでは、原始的な力が花開き、彼女に私たち自身の過去や「私自身の民」を思い出させました。

エレリの肖像画の顔立ちをよく見ると、ブリクセンの意図がよく分かります。聡明な瞳と深い皺は、長い人生経験の中で刻まれたものであり、十九世紀のデンマークの庶民を思い起こさせます。

しかし、アフリカとの出会いでブリクセンが感じた親しみは、差別のない共生ではなかった点を強調する必要があります。彼女は外界の異質なものだけでなく自分自身の中の異質なものをも鋭い目で見つめ、男性と女性、黒人と白人、社会的地位の高い者と低い者、内面と外面の違いを見事に示しました。同時に、彼女は人間の独自性と自立した存在に対して深い敬意を抱いていました。

二枚目のアフリカの肖像画は、ニエリエという名のキクユ族の少女を描いたものです。彼女にまつわる興味深い逸話があります。ニエリエは農場で最も美しい少女でした。当時、アフリカの多くの地域では、新郎の家族が花嫁の家族にかなりの数の牛を差し出す習慣がありました。結婚の際、ニエリエは地域で最も多い持参金を受けとりましたが、結婚式の直後、花婿が不審死しました。カレン・ブリクセンはニエリエが花婿に毒を盛ったに違いないと確信していました。アフリカ人の宿命の女（femme fatale）についての話もありますが、カレン・ブリクセンの肖像画に描かれたキクユ族の少女の誇り高い美しい横顔を見ると、ニエリエの人物像が鮮明に浮かび上がってきます。

三枚目の肖像画は、カレン・ブリクセンの使用人のアブダッラーを描いたものです。彼は彼女の召し使いファラーの異母弟でした。植民地時代は、白人のヨーロッパ人が黒人のアフリカ人を抑圧し、奴隷として酷使する抑圧的な制度社会として記憶されています。ですが現実は、必ずしもそんな風に白黒つけられたわけではありませんでした。当然、カレン・ブリクセンは農場の男爵夫人で、ファラーは召し使いでしたが、同時に、例えばシャンパンを何本、帽子を何個まで買ってよいかなど家計のことを決めるのは、ファラーでした。カレンが一人で農場にいた長い期間、ファラーは彼女にとって最も信頼できる身近な相手でした。第二次世界大戦がはじまって間もなく、二人はメッカまでの聖地巡礼の旅に一緒に出ようと誓い合いました。ファラーはソマリア人で、イスラム教徒でした。カレン・ブリクセンはイスラム教徒にとっての聖地に彼と旅したいと望んでいました。エッセイ『戦争中の国からの手紙』で、一九三九年の春に旅費助成を受け、自身の古くからの夢を実現させるのをいかに楽しみにしていたかカレン・ブリクセンは書きました。ところがその矢先、戦争がはじまり、二人の縁は切れてしまいました。戦争の後、カレン・ブリクセンが再びファラーと連絡をとろうとした際、彼が亡くなったと知り、ショックを受けました。「彼は以前にも何度となく、私のためにひと足先に、キャンプを張る予定の未知の場所へと下見のため、出かけてくれたことがあったではないか」とカレン・ブリクセンは『山のこだま』（邦訳は『草原に落ちる影』カーレン・ブリクセン著、桝田啓介訳、筑摩書房、一九九八年収録『山のこだま』）という物語の中で書きました。

肖像画の中の少年、アブダッラーは、先に述べた通り、ファラーの異母弟でした。雑用を手伝ってくれる若い少年をカレン・ブリクセンが探していたところ、ファラーはちょうど彼の弟が仕事を探していると言ったのです。

カレン・ブリクセンはアフリカで非常に重い梅毒にかかりました。当時の医学では、ヒ素を摂取すれば、梅毒を治せるとされていました。ナイロビの医師は、カレン・ブリクセンが毎日、昼食時に飲むために、グラス一杯の水にヒ素を三滴入れるよう言いました。ところがある日、書斎で本を読んでいた彼女は、薬を忘れたことに気づきました。彼女はアブダッラーを呼び、薬を持ってくるよう命じました。読書に夢中になっていたブリクセンは、本から目を離さずに、アブダッラーから渡されたグラスを受けとりました。ところがグラスの中身を飲み干すと、いつもと違う味がすることに気がつきました。すると彼女は痙攣しはじめたのです！　ひょっとしたらアブダッラーは、ヒ素を水で薄めなくてはならないと分からなかったのでしょうか？彼女は怖々、少年に、ヒ素を水で薄めずに渡したのかと尋ねました。「はい」とアブダッラーは驚いておずおずと彼女を見つめながら答えました。

カレン・ブリクセンは彼を見上げて言いました。「それじゃあ、私は死ぬに違いないわ、アブダッラー。ファラーを連れてきてちょうだい」。アブダッラーは恐怖で我を失い、男爵夫人を殺してしまったという確信の元、屋敷から駆け出しました。騒ぎを聞きつけたファラーは疾風のように飛びこんできました。彼はカレン・ブリクセンを見つけると、ベッドに運びました。ブリクセンはまだ意識があり、アレクサンドル・デュマの小説『王妃マルゴ』（邦訳は『王妃マルゴ』榊原晃三訳、河出文庫、一九九四年）で、牛乳と卵白でヒ素を解毒できると読んだと告げました。ファラーは台所に大急ぎで駆けこみ、見つかる限りの牛乳と卵白をかき集めました。カレン・ブリクセンが受けた「治療」は、奇跡的に効きました。彼女はヒ素中毒から回復しました。三日後、マサイ族の一団は、自身の犯した過ちを罰するため、野生動物に食べられるのを待っていたアブダッラーをサヴァンナで発見しました。

これはブリクセンが物語で身につけた知見が存分に発揮されたことを示すエピソードの１つです。彼女がその治療について情報を得たのは、医学事典からではなく、『モンテ・クリスト伯』や『三銃士』で知られるアレクサンドル・デュマの作品からでした。純然たる作り話に彼女は命を救われたのです。

これと似た洞察は例えばブリクセンの遺作『草原に落ちる影』に収録されている『王様の手紙』にも見られます。『王様の手紙』の中でブリクセンは森に呼び出され、そこで恐ろしい不幸に見舞われます。キタウという名のキクユ族の若者の上に老木が倒れてきて片脚が下敷きになり砕かれてしまったのです。一番近いとされる病院も遠く、キタウは激しい痛みにもだえました。

その少し前に、カレン・ブリクセンはデニス・フィンチ・ハットンと一緒にライオン狩りに行きました。そこで彼女は“blackmaned lion”と呼ばれる珍しい種類のライオンを撃ち、デンマーク国王に非常に貴重な毛皮を送りました。国王からの丁寧な感謝状がちょうど事故と同じ日の朝に届いたのです。草原でキタウを見つけた時、カレン・ブリクセンの頭にはぴったりの助言が浮かびませんでした。しかし、その時ポケットにまだ入れていた王様の手紙を思い出しました。彼女は厳かな表情でその手紙をとり出し、傷の上に置きました。そしてその手紙に特別な力が宿っていると告げました。それは地球の反対側から送られてきたもので、伝統ある一族の偉大な王から彼女に個人的に送られたものであるため、魔法の力が宿っており、彼の痛みを癒《い》やすことができると説明しました。『王様の手紙』では、手紙の魔法がキタウの痛みを消し去ります。その後、王様の手紙は農場の一種の聖遺物として、様々な病気を治し、癒《い》やすのに用いられました。この物語が真実かどうかは私たちには分かりません。カレン・ブリクセンの物語では、何がフィクションで何が現実かを完全に知ることはできないのです。『王様の手紙』の最後には、「私はまだ王様の手紙を持っている。だが、今ではもう判読できない。文字はこすれて消えかかり、便箋は茶色に変色して、血や何かがこびりつき、古びてごわごわになっている」と綴《つづ》られています。前半の部分は真実で、手紙は実際に存在しており、今でもロングステズロンで見ることができます。しかし血痕は残っていないため、物語が完全な真実であるとは言えません。また、手紙から、実際にライオンを撃ったのは彼女ではなく、デニスであったことも読みとれます。

ブリクセンの作品を読めば読むほど、真実は私たちが考えるほど単純でないことが分かります。重要なのは具体的な事実ではありません。おとぎ話に真実が含まれているのと同じように、物語もまたむしろ真実なのです。ハンス・クリスチャン・アンデルセンの『とんまハンス』は子ども向けのおとぎ話ですが、私たちのほぼ全員が、お姫様をお嫁さんにもらったとんまハンスのような人を現実に知っていますし、白鳥になった醜いアヒルの子のような人も知り合いにいるのではないでしょうか。カレン・ブリクセンはハンス・クリスチャン・アンデルセンと比べられることを望んでいませんでしたが、彼女の物語にはそれでも真実か、偽りかといった単純な公式を当てはめられない人生の見識が大いに含まれています。

カレン・ブリクセンが芸術アカデミーに通ったのはわずか二年間だけでしたが、そこで彼女は創作意欲を大いに刺激される夢のような時を過ごせました。その後、パリへ赴き、シモン＆

メーナルド絵画学校で引き続き教育を受け、その後ローマとフィレンツェに赴きましたが、「私は十分な良心をこめて、自分が何一つ成し遂げられなかったと言えます」と彼女自身は言います。パリは若きカレンを夢中にさせましたが、ゆっくりとした細かい絵描きの作業は彼女を退屈させました。ところがカレン・ブリクセンは画家として身を立てることを諦めたにもかかわらず、絵画芸術により目の前に完全に新たな世界が開かれ、アカデミーの指導教官であり、友人であるマリオ・クローンとともに、彼女は数え切れないほど多くのギャラリーや展覧会を訪れることになりました。

絵画芸術との出会いはブリクセンのインスピレーションの源となり、後に作家となる彼女の作風に絶大な影響を及ぼしました。絵画とまさに同じで、彼女の文章には繰り返し現れる特徴がありました。それらの特徴は、画家の目から見たものが多く含まれています。ブリクセン研究者のシャロッテ・エングベアは、『絵画のエコー』という本の中で、ブリクセンの物語に見られる効果的な手法を、「文学の静物画」の一形式と論じました。

エッセイ『四枚の石炭画へ』の中で、ブリクセンは創作に行き詰まった際に、絵画芸術の偉大な巨匠たちからインスピレーションを得てきたと綴《つづ》っています。特定の物語の中に、彼女の言語芸術にとっての「モデル」となる具体的な絵画が存在します。例えば、『詩人』(邦訳は『ノルダーナイの大洪水』カーレン・ブリクセン著、山室静訳、新潮社、一九七〇年収録『詩人』/『夢みる人びと　七つのゴシック物語1』アイザック・ディネーセン著、横山貞子訳、晶文社、一九八一年収録『詩人』／『夢みる人びと　七つのゴシック物語2』イサク・ディネセン著、横山貞子訳、白水社、二〇一三年収録『詩人』）という物語の中で、顧問官と婚約している若いバレエダンサー、フランシーネが問題のある詩人、アンデルス・クベと、神の指先がアダムの指にそっと触れ、アダムに生命を吹きこむシスティーナ礼拝堂の有名な絵の仕草をそのままなぞり、個人的な原罪を犯す場面は、ルネサンス期の油絵画家、ミケランジェロの作品からインスピレーションを得ています。

絵画芸術はブリクセンに「現実世界の真実の存在」を示すものであり、偉大な絵画による「鍵」なしには、景色が実際にどのように見えるのかを目で捉えられないと自ら書いています。このアフリカの巧みな絵の中で、景色と動物の色や線は、不死の瞬間と結びつけられ、画家の目や筆が全てを捉えようとする様子を観察できるのです。

『アフリカの日々』（邦訳は『アフリカの日々』アイザック・ディネーセン著、横山貞子訳、晶文社、一九八一年／『アフリカ農場』カーレン・ブリクセン著、渡辺洋美訳、工作舎、一九八三年／『アフリカ農場―アウト・オブ・アフリカ』カーレン・ブリクセン著、渡辺洋美訳、筑摩書房、一九九二年／『アフリカの日々／やし酒飲み　池澤夏樹個人編集 世界文学全集1‐8』イサク・ディネセン／エイモス・チュツオーラ著、横山貞子／土屋哲訳、河出書房新社、二〇〇八年収録『アフリカの日々』／『アフリカの日々』イサク・ディネセン著、横山貞子訳、河出書房新社、二〇一八年）第一部『カマンテとルル』の中で、カレン・ブリクセンは次のように書いています。

「私は百二十九頭のバッファローの群れが、真鍮色の空の下の朝霧から出てくるのを見たことがある。水平にせり出した角を持つその黒くて巨大な鉄色の動物が私の方にやって来るというよりは、私の目の前で今しがた作られ、放たれ、やがて完成形となるかのように。生い茂る枝やツル植物の間を、太陽の光が小さな斑点や飛沫となって差す中、象の群れが密集したジャングルを散策するのを見たことがある。象たちは世界の果てに逢い引きに行くかのように全速力で進んでいった。（中略）私は日の出前に、薄れていく月の下、王者であるライオンが獲物を半分食べてから、灰色の平原を横切り、家路につくのを見たことがある。ライオンが通った後の草は、船が通った後の海のように、銀色に輝きつつも、暗い通り跡がついていた」（以降、引用部訳は全て枇谷玲子訳）

アフリカには、カレン・ブリクセン以前は誰も絵に描いてこず、彼女が言葉の中で描いたようには、彼女以降、誰も生き生きと描けなかった神話的風景が広がっていたのです。

アフリカにいた頃のことを描いた三枚の油絵。カレン・ブリクセンは植民地時代の現実の中で生活していましたが、絵画からは、彼女が描いた人物たちを通して自らの文化を認識し、彼らの人間性を認めていたことが見て取れます。

キクユ族の老人、エレリの肖像画。カレン・ブリクセンは、彼の顔立ちがゴールデンエイジのデンマーク庶民の肖像画を思い出させると語っています。知性が宿る瞳や顔の皺を見れば、彼女の言うことがよく分かります。

アブダッラー・アハメドの肖像画。彼はヒ素を水で薄めずに渡し、ブリクセンを死なせかけました。アブダッラーは伝統的なイスラム教の頭飾りを着けています。カレン・ブリクセンはイスラム教に魅了されていました。『草原に落ちる影』で彼女はイスラム教特有の「恐れを知らぬ崇高で官能的な生命の肯定」を表現しています。

美しく誇り高いニエリエの肖像画。カレン・ブリクセンは彼女が夫を殺害したのではないかと疑っていました。ブリクセンは彼女をアフリカの宿命の女（femme fatale）として描写しています。肖像画には冷淡な距離感と魅惑的な存在感が漂っており、女性の硬さだけでなく、尊厳も映し出されています。

第三章　アフリカの白人と黒人

　ブリクセンにとってアフリカは、まさに失われた楽園のようでした。彼女はこの地で最大の夢を叶《かな》えると同時に、最大の悪夢も見ました。彼女は世界中を――少なくとも世界のうち六千エーカー（二十四平方キロメートル以上）を――我がものにし、その後何もかもを失う体験をしたのです。彼女の心を満たしてくれた男性とも二度と会えなくなりました。同時に彼女はアフリカが変容していく様を目の当たりにしました。植民者たちは道を作り、家を建てました。アフリカの人たちは町に移り住み、そこで西洋の生活様式を身につけ、本来の生活様式からかけ離れた暮らしを営むようになります。野生動物たちが人の住む地域から逃れ、美しい自然が文明によって急速に切り開かれていく中、カレン・ブリクセンは逆の体験をしました。アフリカによって開眼させられた彼女は、自らの心のさらなる深層を探り、自身の本質に触れたのです。

　アフリカに旅するという決断は、衝動的に下されたもので、カレン・ブリクセンの恋愛生活の大きな失望を背景にしています。二十四歳でブリクセンは、スウェーデン人の又いとこである美男子ハンス・フォン・ブリクセン゠フィネケ男爵に突然、恋をしたのです。ハンスは馬術競技の騎手で、一九一二年のオリンピックに参加し、後にパイロットの先駆けの一人ともなりました。しかし、愛は成就せず、ハンスに拒絶された悲しみは彼女に深い傷を残しました。失意の中、彼女はデンマークからパリに旅立ち、再びデンマークに戻りました。彼女はハンス・フォン・ブリクセン゠フィネケ男爵の心をつかむことはできませんでしたが、奇妙なことに、「兄弟《ブロール》」というファースト・ネームであった、その貴族の双子の兄弟に見初められました。彼は繰り返し彼女にプロポーズしました。しかしカレンは自分がスコーネ地方の男爵夫人になるところを想像できませんでした。彼女は最終的にデンマークにもスウェーデンにも住まないという条件で、彼の求婚を受け入れました。カレン・ブリクセンの伯父（母の兄）であるオーウ・ヴェストエンホルツは植民地に行くよう提案しました。例えば彼がゴムのプランテーションを所有していたマレーシアを旅するよう提案しましたが、もう一人の伯父であるモーウンス・フリースは、アフリカに行った方がいいという意見でした。「東アフリカで今、管理の行き届いた農場を経営すれば、億万長者になれるぞ」と伯父は言いました。

二人は億万長者にはなれませんでしたし、カレンとブロール・ブリクセンは少しの間ともに幸福に暮らしましたが、間もなく幸福な時間の幕は閉じられました。それでも彼女の人生を形作ったのは、ブロールとの結婚生活でした。それによって彼女はアフリカに行き、現在知られているブリクセンという名になったのです。カレン・ディネセンは彼との結婚により、《カレン・ブリクセン》になったのです。

イギリス領東アフリカは、当時若者や冒険心に満ちた実業家にとっての黄金郷でした。北欧では、古い貴族たちは過去の栄光を失い、ローセンクランツ家のような有名な一族は、作家や画家として生計を立てるようになっていました。しかし、過去の記憶はいまだに彼らの血に流れていました。アフリカでは、古い貴族がかつての偉大さを再発見したのかもしれません。六千エーカーの土地と千二百人の使用人が、ンゴング丘のブリクセンのコーヒー農場に含まれていました。この費用を支払ったのはブロール・ブリクセンの貴族の家族ではなく、彼女の母インゲボーと、現代的な新しい貴族階級に属する技術者の伯父オーウでした。二人は合計で三十万クローネ（現在のお金に換算すると、約千六百五十万クローネ／約三億六千万円相当）をかき集め、若い夫婦に出資したのです。

ブロールとカレンは十三カ月間の婚約期間を経て、一九一四年一月十四日に結婚しました。カレンが港町モンバサに到着した翌日のことでした。十九日間の航海中、カレン・ブリクセンは船酔いに苦しみ、不安と絶望にさいなまれていました。ブロール・ブリクセンは港で彼女を待っていました。結婚式は質素で、カレンが夢見ていたようなロマンティックなものではありませんでした。十分もかからずに終わったその式を執り行ったのは、彼らの名前さえ覚えていない、痩せた青白い地区委員の男でした。結婚初夜は、ンゴング丘へ向かう列車の硬い木のべンチで過ごさなくてはなりませんでした。何一つ期待通りには進みませんでした。それどころか、アフリカ人との出会いは彼女の想像を超えるものでした。彼女に最も強烈な印象を残したのは、男爵夫人としての地位よりも、内面的な旅とアフリカの文化でした。

一九三八年に彼女がルンドとストックホルムで、好奇心旺盛な学生たちに向け講演を行った際、現地民との出会いを嵐のような恋愛に例えました。彼女は学生たちに、ある日突然《ルンド》（スウェーデンの町の名前）という言葉が全く意味をなさない国――ヴァイオリンを弾けることや父親が銀行の頭取であることも何の価値もないとされる国に行くところを想像してみてほしいと語りました。私たちの社会で当たり前とされているすべての慣習や基準が意味をなさない土地――お辞儀や握手が礼儀正しいとされることや、正装してくることがエレガントであることを誰も知らない国に行くところを。ここでは初めて会った人たちから「あなたは何の仕事をしているのですか？」と必ず聞かれますが、アフリカでは「あなたは誰ですか？」と聞かれます。仕事や学歴、経歴といった私たちが当たり前と思っているものがすべて無意味になったらどうなるかを想像してみてほしいと彼女は語りました。「徐々に、それが真のあなた方ではないことに気づくでしょう」とブリクセンは学生たちに話しました。

「ですが、これらすべてが意味をなさなくなった時、何が残るのでしょう？」自ら立てた問いに対するブリクセンの答えは簡潔《シンプル》でした。「人間です」

「私にとって、この体験は一種の啓示でした」と彼女は言いました。「それは大きな予期せぬ幸運であり、解放でした。重力の法則が存在しない場所を飛んでいるような感覚でした。かすかに目眩《めまい》がし、かすかに危険も感じました。真実を認めるのには常に勇気が必要です。しかし、それは魅惑的ですばらしいことで、その方向に一歩進んだ私は神と対峙《たいじ》していると感じました」

カレン・ブリクセンがアフリカという新たな世界に夢中になっている間、古きヨーロッパは恐ろしい現実に直面していました。一九一四年六月二十八日、オーストリア＝ハンガリー帝国の皇位継承者であるフランツ・フェルディナンド大公とその妻が、サラエボでセルビアの国家主義者により暗殺されました。この暗殺により対立が広がり、やがて大陸全体を巻きこむ世界最悪の戦争が勃発しました。フランスの畑は塹壕《ざんごう》に変わり、カレンの弟トマス・ディネセンはドイツ軍と戦うために入隊を志願しました。

アフリカでも衝突があり、農場も無関係ではいられませんでした。ブロール・ブリクセンはドイツ支持の疑いをかけられましたが、再びカレンの家族が彼らを救いました。トマス・ディネセンがヨーロッパで兵士として活躍したことがアフリカに伝わり、ブロールがドイツ支持者であるという疑いは晴れました。

一方、ブリクセンの体には別の病が猛威を振るっていました。最初はマラリアかと思われましたが、もっと深刻でした。ナイロビの医師は、アフリカに来てわずか一年で彼女が《フランス病》と呼ばれる非常に感染力の強い性病、梅毒にかかっていると診断しました。梅毒は放蕩《ほうとう》生活を送る男性、例えばブロール・ブリクセンのような男性に広まる病気でした。今日ではカレン・ブリクセンがかかっていた正確な病名について意見が分かれていますが、確かなことは、その病気と当時の治療法の副作用がカレン・ブリクセンの生涯に大きな影響を与えたということです。

ところが、その病気は新婚夫婦が直面した問題の一つでしかありませんでした。カレンもブロールもコーヒー栽培について全く知識を持っていませんでした。二人はコーヒーが育ちにくい高地でコーヒーを育て、何年も何年も収穫は失敗に終わりました。二人の結婚生活にヒビが入りはじめ、カレンは農場にいる間に夫が浮気をしていたことに気がつきました——一度ならず、ヨーロッパ人やアフリカ人の様々な女性たちと。さらにその傷口をえぐるかのように、スウェーデンから悲劇的な知らせが入りました。青春時代に大恋愛をしたハンス・フォン・ブリクセン＝フィネケが飛行機の墜落事故により亡くなったのです。

結婚してまだ三年もたたないこの時に、ブリクセンの中で何かが起きているかのようでした。彼女は犠牲者の役割を演じることは望まず、代わりに様々な愛の物語に身を投じました。最初はスウェーデンの元首相フレドリック・フォン・オッターの親族であるスウェーデン貴族エーリック・フォン・オッターと。エーリック・フォン・オッターは野生人で、アフリカ人らは彼のことを“risasi moja”（一撃）と呼びました。なぜなら彼がいつも野生動物を一撃で仕留めたからです。また彼はイスラム教徒でもありました。彼はスウェーデンにいた頃もキリスト教を放棄し、コーランを暗唱していました。彼を通じ、ブリクセンはイスラム教に強烈に引きつけられました。イスラム教に彼女が魅了されたのは、その宗教の名誉の概念により、キリスト教の罪悪の概念が補われたからでした。ブロールとカレンが、互いの浮気を容認する関係にあることは明らかでした。しかしブロールは、カレン側の情事について聞きたがりはしませんでした。

ですがブリクセンの心を奪ったのは、イスラム教徒のエーリック・フォン・オッターだけではありませんでした。トマス・ディネセンがフランスの塹壕《ざんごう》でドイツ軍を次々に倒したのに対し、カレン・ブリクセンはイギリスの貴族出身のパイロットであるデニス・フィンチ・ハットンと人生のもう一つの大恋愛をしたのでした。デニスは野性的で冒険心に満ちた男性であると同時に、教養があり、詩的で、心と行動の面でヴィルヘルム・ディネセンに似ているところがたくさんありました。デニスに愛されたこの頃が彼女の人生で最も幸福な時期でした。『アフリカの日々』の第三部『農園への客たち』八章『翼』の挿話の中で、カレンはしごく言葉少なに、デニスのどこに強く惹きつけられたのかを語っています。

「デニス・フィンチ・ハットンはアフリカに、この農場以外に住まいがなかった。狩猟探検から戻ると、次の狩猟旅行まで私の家に寝泊まりし、本や蓄音機を持ちこんだ。戻って来た彼を、農場は全身全霊で迎え入れた。雨期のはじめに、コーヒー農園の木々がチョークみたいに白くて明るい雲のように花開き、濡れて香りを放つことで、自らを語るように、農場もデニスを歓迎するかのように一斉に彼に語りかけるのだ。私がデニスの帰りを待っていると、彼の自動車が道をやって来る音が聞こえると同時に、農場中のあらゆるものが、自分たちが何者なのかを語りかける声が聞こえるのだった」

女性にそんな風に語らせる男性が、つまらない人間なわけがありません。

ロングステズロンの家にはその頃、一時的に不安が訪れていました。農場は深刻な経営不振に陥り、ブロールとカレンの不道徳な生活を隠し通すことはできませんでした。

兵役を終えると、トマス・ディネセンは農場の様子を見にアフリカに赴きました。目にした光景に彼はショックを受けましたが、姉への忠誠心は残っていました。一方ブロール・ブリクセンには厳しい対応をとりました。ブロール・ブリクセンは農場を後にし、二度と戻ってくることはありませんでした。

離婚を機に、一家は農場の売却を検討しはじめました。しかしトマスはカレンに、事業も、燃え上がってきていたデニスとの関係も続けるよう勧めました。カレン・ブリクセン自身が自身の運命の選択ができたなら、デニスと協力して農場の経営をし、家族を作るハッピーエンドを望んだことでしょう。ですが、そうはいきませんでした。

幸福に最も近づいたのは、一九二二年にデニスとの子どもの妊娠を予感した時でした。本当に妊娠していたかどうかは分かりません。もしかしたら流産したのかもしれません。いずれにしても、親になれないという事実を突きつけられたカレンは、悲嘆に暮れていました。その三カ月後、ロングステズロンでの子ども時代のデジャブのように、コーヒー工場が火事で燃えてしまいました。それでもブリクセンは苦闘を続け、デニスとの愛を育み続けました。トマスは再び故郷へ戻っていき、今度はデニスが農場に移り住みました。ハリウッド映画『愛と哀しみの果て』で主に描かれているのはこの時期です。そこでカレンが暖炉の前でデニスに物語を語るのでした。映画ではこの時、夫婦が大麻やアヘン、アフリカの麻薬ムルングを用いて非常に過激な実験をしていたことは描かれていません。カレン・ブリクセンは芸術家になりたいと一念発起し、ロングステズロンでの不幸な出会いの二十年後、再びギーオウ・ブランデスに連絡をとりました。今回は叔母のベスが手助けしてくれました——その偉大な文豪との出会いを阻んでしまったことを家族として後悔していたのかもしれません。一九二六年当時、ブランデスは八十四歳でしたが、依然として持っていた豊かな人脈を生かし、雑誌『観客』に、彼女の青春時代のマリオネット喜劇『真実の復讐』を掲載するよう口利きしてくれました。この作品は本来、ペンネームで発表される予定でしたが、編集者のポウル・レヴィンはブリクセンの実名を小さな文字で印刷することを選びました。恐らくブランデスからの求めに応じたのでしょう。この掲載はブリクセンに名誉も名声ももたらさず、苦難は続きました。

カレン・ブリクセンは子どもを強く望み、一九二六年には再び妊娠を予感しました。彼女はまだ生まれていない子どもを《ダニエル》と呼び、デニスに大喜びで電報を送りました。しかし、そのニュースへの反応は冷たいものでした。デニスからの電報はこうでした。「ダニエルの訪れを反故にするよう強く勧める」。それに対するブリクセンの返事は残っていません。しかし、デニスの次の電報も同じ調子で続いていました。「電報を受けとりました。判断は任せますが、ダニエルを歓迎することはできません」

その後何が起こったかは定かではありませんが、《ダニエル》がこの世に生まれることはありませんでした。ひょっとしたら妊娠は単なる幻想だったのかもしれません。彼女はその時四十歳で、梅毒の病歴もありました。もしかしたら、望まぬ流産をしたのかもしれませんし、デニスの感情に確信が持てず、《ダニエル》を生まない選択をしたのかもしれません。

人生の大きな危機に陥ったブリクセンは、悪魔について多く語るようになりました。悪魔と契約を結び、貴族女性の証である子どもを産む能力を放棄したと主張しました。代わりに、悪魔から自分の体験をもとに幻想的な物語を創造する能力を与えられたのだと。

農場での生活は続きました。ブリクセンは孤独で過酷な生活を送っており、経済状況は悲惨でした。デニスはウェールズ公をディナーに招待することでカレンを社交界に引き戻そうとしました。ヨーロッパでトマス・ディネセンが *"No Man's Land"*（ノー・マンズ・ランド）を出版すると、農場にいたカレンはこの作品に自分を重ねました。一九三〇年十二月、カレン・ブリクセンはぎくしゃくしていたデニスとの関係をついに断念する決意をしました。デンマークの家族はこれ以上の支援を望まず、農場を競売に掛けることにしました。カレンは鉛のような心で資産整理をはじめました。一九三一年五月十四日、楽園への夢の道がいよいよ閉ざされる大きな悲劇が起こりました。デニス・フィンチ・ハットンが飛行機事故で亡くなったのです。これは十四年前に彼女のもう一人の大恋愛の相手、ハンス・フォン・ブリクセン＝フィネケが墜落事故で亡くなったのと全く同じ状況でした。

デニスはカレンと死んだら一緒に入ろうと約束していたンゴング丘の一角に埋葬されました。遺されたのは思い出とポータブル蓄音機、東洋のモチーフの入った暖炉前に置く衝立《ついたて》に、様々な物語の原稿と、現在ロングステズロンのカレン・ブリクセン博物館に展示されている三枚のアフリカ人の肖像画といったわずかな所持品だけでした。

ですがケニアの側がカレン・ブリクセンを忘れることは決してありませんでした。今日では彼女の農場は博物館になっており、彼女はケニアを代表する文学者と見なされています。《カレン》という町は、彼女が百年前に初めてンゴング丘に太陽が昇るのを目にした広大な領地にあります。しかし、この町はカレン・ブリクセンにちなんで名づけられたわけではなく、彼女の母方の兄であるオーウ・ヴェストエンホルツが筆頭株主として名を連ね、彼女の農場を支えていたカレン・コーヒー合同会社にちなんでいるようです。そして、この会社名もカレン・ブリクセンではなく、オーウ・ヴェストエンホルツの娘であり、カレン・ブリクセンのいとこである別のカレンの名にちなんでいるそうです。

「……どんな狩猟も一種の恋愛物語と言える。狩人は心を獲物に向け、散歩する人とは異なる目でそれを見る。獲物の一つ一つの特徴や動きが狩人にとっては貴重なのだ。しかし、通常狩猟におけるこの魅了は一方的なものだ。……狩人は風や地形の条件に気を配り、風景に溶けこみ、獲物のように静かに動くことを考えなければならない。これは狩人の全能力を呼び起こし、甘く壮大な自己陶酔の瞬間を与える魅惑的なスポーツだ」(『草原に落ちる影』)

カレン・ブリクセンの若かりし頃の恋人、ハンス・フォン・ブリクセン＝フィネケ（左）は、1917 年に飛行機事故で亡くなりました。右側にいるのは、スウェーデンの飛行機会社社長で飛行士のイーノック・レオナルド・トゥーリン。

花が咲き誇るコーヒーの木の前に立つカレン・ブリクセン。

コーヒー農園で作業するアフリカ人。

デニスはカレン・ブリクセンの初恋の相手であるハンス・フォン・ブリクセン＝フィネケと同じくパイロットでした。カレン・ブリクセンは飛ぶことを愛し、飛行を半ば神との出会いのように描いています。彼女の物語で主人公たちはしばしば「翼を得る」体験をし、酔いしれるような無重力の幸福を感じています。しかし、このような幸福は彼女の人生に暗い影をも落とします。デニス・フィンチ・ハットンもハンス・フォン・ブリクセン＝フィネケも飛行機事故で命を落としたのです。彼らが乗っていた原始的な飛行機を観察すると、強烈な感情に一定の恐怖心が含まれていた理由を理解できます。

左端にいるのが、『アフリカの日々』の冒頭で描かれているカマンテです。さらに右にイサ、アブダッラー・アハメド、ハッサン・イスマエル、デュマの娘マネハワ、デュマ・ムハンマドと続きます。1922 年頃にトマス・ディネセンにより撮影されたものと思われます。

農場にいるカレン・ブリクセンとトマス・ディネセン。

第四章　四十八歳の新人作家

アフリカから帰国したカレン・ブリクセンは絶望のただ中にいました。愛した男たちは亡くなり、画家、コーヒー農場主としての彼女のキャリアは単なる神話に変わってしまいました。彼女は病を体で感じていました。彼女の弟トマスは後にやせ衰え、弱り、打ちひしがれてアフリカ船の手すりの前に立つ彼女を見てショックを受けたと語っています。もはや彼の知る《タネ》ではありませんでした。しかも彼女は一文なしでもありました。ロングステズロンの彼女の生家にまだ暮らしていた年老いた母のところに移り住む以外、選択肢はありませんでした。ロンゴング丘の男爵夫人、カレン・ブリクセンは、その時には煙草《たばこ》を一箱買う金も母親にせびらなくてはならないほどの貧しさでした。前を見ることは難しく、後ろを振り返るのはさらに困難でした。カレンは人生のこの時期に、心の中で同じ二語を繰り返しつぶやいていたと語っています。それは“hvorfor”（なぜ）と“ikke”（駄目）でした。ところがある日、これら二つの言葉が合わさると、意味が変わり、“hvorfor ikke”（やらない理由がないじゃないか）というポジティブな言葉に変わることに、彼女はふと気づきました。

マイナスの出来事が続くと、時に人生にプラスの出来事が訪れると彼女は弟トマスとの深い会話の中で気づかされ、励まされる思いがしました。「私にできることは三つあります。物語を語ること、料理を作ること、そして狂った人たちの世話をすることです」。トマス・ディネセンは彼女がアフリカで書いた様々なメモを読み、それらを物語にして出版するよう助言しました。そこから事態は好転しました。

ブリクセンは二十代半ばに、芸術アカデミーの友人、マリオ・クローンからの薦めで、《オセオラ》というペンネームで三篇の短編を発表したことがありました。《オセオラ》とは、十九世紀のアメリカで入植者と闘った有名な原住民の首長の名前です。ヴィリアム・ディネセンは自身の飼い犬の一頭をこの首長にちなんで名づけました。そして《ボガニス》という名前で書いていた父親の影響で、ブリクセンはこの原住民の名前で雑誌『観客』に掲載された『世捨て人』、『百姓』、『ザ・キャッツ一族』という物語を書きました。初期のこれらの物語は全く日の目を見ることはありませんでした。ブリクセンがアフリカで再び筆を握ったのは、先述の通り、四十歳にして若い頃に書いた劇『真実の復讐』を書き直して出版した時でした。これも何ら成功を収めることはありませんでしたが、そこからすでに何年もたっていました。

これら初期の作品は、主に熱心なファンにしか読まれませんでした。そのため『七つのゴシック物語』（邦訳は『夢みる人びと　七つのゴシック物語1』アイザック・ディネーセン著、横山貞子訳、晶文社、一九八一年／『ピサへの道　七つのゴシック物語2』アイザック・ディネーセン著、横山貞子訳、晶文社、一九八二年／『ピサへの道　七つのゴシック物語1』イサク・ディネセン著、横山貞子訳、白水社、二〇一三年／『夢みる人びと　七つのゴシック物語2』イサク・ディネセン著、横山貞子訳、白水社、二〇一三年）が彼女の実質的作家デビュー作とされるケースが多いようです。年は一九三四年、カレン・ブリクセンは四十八歳でした。『七つのゴシック物語』は、アメリカで四月九日に出版された際に、新聞の一面を飾りました。出版前にすでにこの本は《今月の本》に選ばれました。そこまでの道のりは長いものでした。ブリクセンはたくさんの出版社を当たったのですが、その中には短編集は全く売れないので、長編小説を書くよう助言してくる出版社もありました！　最終的に彼女を窮地から救ったのは、叔母ベスでした。彼女はアメリカの女性作家、ドロシー・キャンフィールド・フィッシャーと友人でした。トマスはブリクセンの推薦した手紙を彼女に送り、ドロシーは編集者ロバート・ホースにコンタクトをとりました。ハリソン・スミス&ロバート・ホース出版社は、最終的に本の出版に応じましたが、部数はわずかでした。その慎重さを後に出版社は恥じることになります。なぜなら『七つのゴシック物語』はブッククラブ効果で、五万部以上売れたからです。カレン・ブリクセンは一夜にして世界的なスターになり、Isak Dinesen《イサク（アイザック）・ディネ（ー）セン》（英語圏ではIsakはアイザックと、Dinesenはディネセン、またはディネーセンと発音されることが多い。Isakは旧約聖書に登場するイスラエルの族長イサクが関係しています）という名前を――出版社がミステリアスなペンネームの影にいる作家はデンマーク人だと明かし、デンマークでも――皆が《イサク・ディーネセン》（デンマーク人が発音するとIsak Dinesenはイサク・ディーネセンになります）の名を口にするようになりました。

アメリカでの嵐のような出版劇から間もなく、カレン・ブリクセンの出版社が彼女の正体を公式に明かすことにしたことで、ベストセラー作家の噂《うわさ》が大西洋の向こうにまで広がりました。カレン・ブリクセンが五十歳の誕生日を迎えた翌年、『七つのゴシック物語』がデンマークで『七つの幻想物語』（*Syv Fantastiske Fortællinger*）というタイトルで出版されました。私たちが現在知る世界的な女性、ロングステズの男爵夫人、一度聞いただけで心に焼きつく特徴的な語りの持ち主で人生の知恵を持つ年老いた女性語り部はここから生まれたのです。

カレン・ブリクセンが自身の物語を英語で書き、後からデンマーク語に「翻訳」したのはなぜなのか不思議がる人もいるかもしれません。これには重要な理由が二つあります。一つ目の理由は、この物語がデンマークの読者の関心を引かないのではないかと彼女が考えたことでした。ブリクセンと同時代にデンマークで主に人気だった本は、政治的であると同時に社会リアリズム色の濃い書き方がされたもので、ハンス・キアクの群像劇『釣り人たち』（一九二八年）や、トム・クリステンセンの鍵小説（ノンフィクションに近いフィクション小説。実際にあった出来事が固有名詞を変えただけで書かれたりする）『破壊活動』（一九三〇年）といった古典にはじまり、モーウンス・クリットゴーやクヌート・ベッカーといった、広い読者に訴求しうる優秀な作家であるものの、カレン・ブリクセンの実存主義的で神話的な物語とはほど遠い作家たちに継承されていました。

カレン・ブリクセンが英語で書く選択をしたのには別の理由もありました。作家というのは、書いている時、極めて特別な一人の読者を目の前に思い浮かべ、その人に宛て、作品を書くものです。カレン・ブリクセンにとっての特別な読者とは、彼女の大恋愛の相手、デニス・フィンチ・ハットンでした。『七つのゴシック物語』中の複数の物語は、元々農場で彼に向けて語られたのですが、その時、使われた言葉は英語でした。七つの物語のうちの二篇は、死後出版され、彼女自身（ミミという登場人物）とデニス（ミミのパートナー）がモデルとなった《枢機卿《すうききょう》》についての物語以外は、紙に書かれたものでした。デニスが亡くなり、彼女の人生に空白を遺した今では、『七つのゴシック物語』の執筆は一種のセラピー、つまり悲しみを癒《い》やす作業でもあったのです。書くことで、ンゴング丘の家の暖炉の前で、ともに時を過ごした記憶がよみがえってきたのかもしれません。

すぐに湧いてくるであろう二つ目の疑問は、彼女がなぜ自著をIsak Dinesen《イサク（アイザック）・ディネ（ー）セン》というペンネームで出版する選択をしたかです。彼女自身、その名前を選んだのは、父親と同じ理由からだと語っています。自分が書きたいように書く自由を手にするためだと。そして彼女が結婚前の姓と併せて男性名Isakイサク（アイザック）を使う選択をしたのは、《イサク》が「笑い」という意味を持ち、彼女が、世の中に笑いをもたらしたいと考えていたからだと自ら述べています。アフリカで彼女は原住民に、私たちスカンジナビア人という民族をどう捉えているのか尋ねました。アフリカ人たちは、スカンジナビア人を他のヨーロッパ人よりも、非常に陽気な民族と捉えているという答えが返ってきました。「『あなた方民族は』とある時、私の知る民族の一人が言いました。『あなた方は激怒したりしない。あなた方は他人に笑いかける』。（中略）私たちが現地民自身と比べても、物事を深刻に受け止め過ぎないところが、実に印象深く、民族固有の特徴と捉えられているようだった」（エッセイ『アフリカの黒人と白人』より、邦訳は『ダゲレオタイプ　講演・エッセイ集』奥山裕介訳、幻戯書房刊行収録予定）

しかし名前の選択理由には、ブリクセンが明かそうとした以上の事実が隠れていました。Isakイサク（アイザック）という名前は、ヘブライ語で、旧訳聖書のアブラハムについての話が由来となっています。それは子どものいなかったアブラハムの妻、サラが高齢で息子を生んだという神話でした。夫婦はとても幸福で、サラが奇跡を笑えるよう、子どもをイサクと呼びました。同じく子どものいないカレン・ブリクセンもまた五十歳にさしかかり、ようやくIsak Dinesenを生み出した奇跡を笑えるように。ですがイサクについての物語はまた暗い一面をも持っていました。アブラハムとサラの喜びはつかの間のものでした。待望の子どもが立派に育つと、神はアブラハムにおかしな命令を下しました。モリジャの山を登り、そこで生贄《いけにえ》を炙り、自身の息子を神に差し出せと。ですが、この物語の最もおかしな点は、アブラハムが神の命令に従ったところです。神がすんでのところで天使を送りこみ、アブラハムの企てを阻止したのです。

イサクという名を選んだのは、この物語の暗部をブリクセンが念頭に置いていたことの現れでしょう。ロングステズロン屋敷の《緑の部屋》にある書き物机の上に掛けられた銅版画から、このことが分かります。

カレンがロングステズロン屋敷に戻り、作家になった際、彼女の母親はまずヴィルヘルムのかつての仕事部屋である《イーヴァルの部屋》の使用を許可し、そこが彼女の書斎になりました。イーヴァルの部屋は今日では思い出の部屋として遺されています。壁にアフリカの武器と鎧が飾られ、ライフルが狩りをする父親の肖像画の上に掛けられており、暖炉の陰には、長さ二メートル半もあるイッカクの牙が立てられています。書斎机の上には、ヨハネス・イーヴァルの胸像が、窓際にはデニスの肖像が置かれています。それはカレン・ブリクセンの作家生活の完璧な一場面を表しているかのようで、彼女がここに座り、ヴェン島に続く海を見渡す様子が目に浮かびます。

ですがカレン・ブリクセンの人生の他のありとあらゆることと同じく、これは物語のうちの半分でしかありませんでした。実際には、カレン・ブリクセンが過ごすのにイーヴァルの部屋は寒過ぎました。骨の髄まで病に蝕まれ、その頃には鉄の意志でやっとのことで立っていられる骸骨のようになっていました。カレン・ブリクセンはその頃すっかり骨と皮だけになっていために、人一倍寒さがこたえたようです。同じ理由から寝室も含め家のどの部屋にも暖炉がありました。《イーヴァルの部屋》は、ウーアスン海峡に面しており、海峡が凍りつき、風が古い宿屋の建物に吹きつける季節は、弱りきった作家が座るには寒過ぎました。そのため彼女は庭を見渡せ、海風を受けない西側の部屋に移動しました。そこはかつて長らく彼女が暖かく過ごしながら執筆に専念した場所でした。《イーヴァルの部屋》は、彼女の人生の重要な一部を形作った思い出の場所ではあっても健康や快適さをもたらす空間ではなくなってしまったのです。

カレン・ブリクセンが自身の物語の題材にしようと選んだのが、まさにこの時の光景だったことには考えさせられます。彼女は生涯、生贄《いけにえ》のように首元にナイフを突きつけられてきました。彼女は愛した人――信じていたものをすべて失いました。アフリカの農場を失い、画家としてのキャリアを失い、父親を失い、夫を失い、愛する人を失い、健康な体を失い、さらに恐らくは子どもまでをも失ったのかもしれません。ですがカレンのことを犠牲者と呼ぶ人は一人もいませんでした。その役割はアフリカの農場で一人、病に伏した二十年以上前に手放したのです。彼女がイサクという名前を選んだ理由を尋ねられた際に、物語の暗い側面に言及するのではなく、煙に巻いたのは、そのためなのかもしれません。

そして彼女が――すべてを失い、それでも闘い続け、五十歳にして魔法のように母親の黒子から世界的な有名人に突如変貌を遂げた格好いい女性が書いた物語とは、一体どのようなものなのでしょう？

ブリクセンの物語の完全な中心にあるのは、人間としての人生がはじまることで失われた無《む》垢《く》さでした。カレン・ブリクセンの作品の主人公のほぼ全員が、完全な人間になるために罪人になる経験をしています。貴重な真珠をなくすといったありふれた罪であろうと、愛する者を裏切るとか殺人を犯すとかいった大きな罪であろうと、カレン・ブリクセンの物語の登場人物たちは、光が存在するのはまさに暗闇の中であるということを体現します。作家としての大きな強みの一つは、読者を手の平に載せ、魂の隅から奥底までを揺り動かし、影が最も濃くなろうとも決して手を放さないことです。浮気、病、死、裏切り、絶望――読者は、ブリクセンが実際にこれらを経験し、それを乗り越えたことを感じとります。物語が遠い時代や見知らぬ環境に舞台を移しても、物語に登場する原始的な感情は人間にとって非常に根源的であるため、文化や時代や場所を越えて共感できるのです。

その後の二十七年間、カレン・ブリクセンは全部で七冊の本を執筆しました。『七つのゴシック物語』に続いて『アフリカの日々』（一九三七年）を出版し、これもベストセラーになりました。その後、戦争中に、『冬の物語』（一九四二年）とブリクセン唯一の小説で、ピエール・アンドレゼルというペンネームで出された『報いの道』（一九四四年）（邦訳は『復讐には天使のほほえみを』、アイザック・ディーネセン著、横山貞子訳、晶文社、一九八一年）が続きます。そこから十三年の沈黙の後、『最後の物語』（一九五七年）（邦訳は『最後の物語』東宣出版、二〇二五年刊行予定）を発表しましたが、最後にはならず、『運命の逸話』（邦訳は『運命綺譚』カーレン・ブリクセン著、渡辺洋美訳、筑摩書房、一九九六年）（デンマーク語版の『運命の逸話』には『バベットの晩餐会』も含まれている）、『バベットの晩餐会』、年老いた語り部がアフリカに戻る『草原に落ちる影』（一九六〇年）と続きます。それら七冊のうち五冊が《今月の本》に選ばれました。これは他のデンマーク人作家には——いえ、後にも先にも、世界の他のどの作家も、成し遂げられなかったことでした。

第五章　七つのゴシック物語

『七つのゴシック物語』はデンマークでは『七つの幻想物語』（*Syv Fantastiske Fortællinger*）という題名でC.A.ライチェル出版から刊行されました。

『七つのゴシック物語』がデンマークで『七つの幻想物語』（*Syv Fantastiske Fortællinger*）という題名で出版される前、カレン・ブリクセンはこの作品がデンマークでどう受け止められるか不安を感じていました。彼女が誤解を恐れる理由は十分にありました。『七つの幻想物語』はデンマークの書評家から賛否両論の評価を受けたのです。この本は国際的な成功を収めましたが、書評家の中には文章が上品過ぎて、必要以上に複雑でわざとらしいと感じる人もいたのです。ベアリンスケ・ティーゼネ新聞の書評家は、作品が醸し出す狂気に意味を見出せず、作家を「ひねくれ者」、本を「卑猥《ひわい》」と表現しました。「言葉は悪いが、『七つの幻想物語』にはまともな人間が一人も登場しないとしか言いようがない」とその書評家は書き、「若い男性の皆が皆、姉妹の服を身にまとい、若い女性の皆が皆、野生のイノシシ狩りに出る」ことを理解できなかったのです。さらに最悪なのは物語の中で繰り広げられる官能的な生活で、書評家はそれを「最も奇妙な類」のものと見なしました。「男性は姉妹を愛し、叔母は姪を愛し、登場人物の一部は自分自身に恋をし、若い女性は子どもを持てない、もしくは持ちたがらない……」

一方、ポリティケン新聞のトム・クリステンセンは違いました。彼は『七つの幻想物語』を「極めてブルジョワ的な本、高慢であるがゆえに嫌悪されかねず、非デンマーク的であるがゆえに不快感を与えかねず、非社会的であるがゆえに非難されうる」と前置きした上で、「しかし天才的である」と断言することを躊躇《ためら》いませんでした。彼がカレン・ブリクセンの芸術的な文章と比較できた唯一の例は、セーレン・キルケゴールというもう一人の天才だけでした。「論理的な固執で理性を崩壊させるようなデンマークのファンタジーを、天才的なデンマークのファンタジーをここに見つけた」と書いています。

キルケゴールとの比較は、トム・クリステンセンが想像していたよりも的を射ていたのかもしれません。カレン・ブリクセンは直接尋ねられた際には、キルケゴールとの類似性を否定しましたが、彼女がこの哲学者を知っており、彼の概念や想像を自分の文章で使用していることに疑いの余地はありません。それは彼女が複数回、キルケゴールについて書いたエッセイや、彼女のいくつかの物語、特にキルケゴールの『誘惑者の日記』の誘惑者ヨハネスへの女性からのアンサーである『エーレンガート』(邦訳は『バベットの晩餐会』イサク・ディーネセン著、桝田啓介訳、筑摩書房、一九九二年収録『エーレンガート』)などで明らかです。

キルケゴールとの比較により、ペンネームに《イサク》を選んだという話も新たな見え方がしてきます。アブラハムとイサクについての神話には数百もの解釈がありますが、キルケゴールは信仰のパラドックスについて独自の見解を持っていました。このことは『おそれとおののき』(邦訳は『キルケゴール著作集　おそれとおののき・反復』キルケゴール著、桝田啓三郎・前田敬作訳、白水社、一九六二年【新装版は一九九五年】収録『おそれとおののき』)に記されています。アブラハムの行為は倫理的な考慮や心理的、社会的な配慮からではなく、信仰に基づくものでした。息子を犠牲にすることには全く意味がありません。キルケゴールは、信仰とはそういうものであり、敬虔《けいけん》さの面でアブラハムに共感していました。アブラハムの神話はキルケゴールの主要なテキストであり、彼のキリスト教哲学の基盤となっています。

　逆説的ですが、この神話はイスラム教の基盤でもあります。アブラハムはコーランにおいて、最初のハニーフ（イスラム教以前から純粋な一神教を信じ、後にイスラム教の信仰の基盤となった人たち）であり、イスラム教の信仰の祖とされています。キリスト教の家庭で育ちながら、アフリカの農場という「第二の故郷」でイスラム教についても深く学んだブリクセンが、《イサク》と名乗ることで、両方の宗教の伝統から距離を置こうとしたのではないかと考えられます。アブラハムとイサクの違いは根本的なもので、イサクは自分の運命を選ぶことができませんでした。選択は彼のために行われたものでした。キルケゴールがアブラハムの強い信仰を称賛した一方で、イサクはその結末に対して異議を唱える権利があったかもしれません――結局、代償を払うのはイサクだったのです。

　ブリクセンの物語や登場人物の会話は、聖書や神話へのオマージュに満ちています。例えば、十字架に縛りつけられるはずが、イエスのおかげで罪を免れた盗賊バラバについての物語がその例です。今では、盗賊は罪を免れたことを喜んでいたと思われているかもしれませんが、そうではありません。なぜなら彼は誇り高き盗賊であり、メシアが彼の罪をかぶるぐらいなら死刑になった方がましだと思ったはずですから。今では彼はワインの味も感じず、女性にも、人生にも喜びを見出せないことでしょう……。

最も短いのは、『ノルデルナイの大洪水』（邦訳は『ノルダーナイの大洪水』カーレン・ブリクセン著、山室静訳、新潮社、一九七〇年／『七つのゴシック物語2　ピサへの道』アイザック・ディネーセン著、横山貞子訳、晶文社、一九八二年収録『ノルデルナイの大洪水』／『ピサへの道――七つのゴシック物語1』イサク・ディネセン著、横山貞子訳、白水社、二〇一三年収録『ノルデルナイの大洪水』）の屋根裏の干し草置き場にいた年配の貴婦人ミセス・マーリンについての物語でしょう。物語にはこうあります。

「エジプトの大きなピラミッドの三角形の影で、聖ヨセフがロバを放牧しながら聖女に言いました。『ああ、私のかわいい小さな貴女よ。一瞬だけ目を閉じて、私が精霊だったらと想像してみてはくれませんか？』」

物語を振り返ると、例えばヨセフが聖女マリアとベッドをともにできるよう、精霊だったらと願わせるのは、ブリクセンらしいのではないでしょうか。『ノルデルナイの大洪水』のすべてが、聖書の神話、つまりノアの神話を広義にモデルにしているのです。ノルデルナイのある水浴び場が、激しい洪水で氾濫したのですが、ノアの他に一人だけ立っている人がいました。それは洪水の救世主、つまりは敬虔《けいけん》な枢機卿《すうききょう》でした。それぞれの農家の一人一人を自力で救い出した彼は、他の救助部隊にとって、闇の中の光でした。ところが物語の後半で、《救世主》

が実際には敬虔《けいけん》な枢機卿《すうききょう》を殺した後で、その服に身を包んだ卑劣な殺人者であることが明らかになります。

ベアリンスケ紙の書評家の主張はうなずけます。これらの物語は奇妙です。聖書やコーランの他に、ブリクセンはイタリアのルネサンス期の詩人の王、ダンテやボッカチオ、ペトラルカ、それにアラビアの物語『千夜一夜物語』やシェイクスピア、ホルベアの入れ替わり喜劇などからインスピレーションを得て、ブリクセン自身の生き生きとした空想と失うものの多かった人生経験を様々に織り交ぜました。まやかしのない力により、ブリクセンは世の中をひっくり返し、揺さぶったのです。登場人物は十九世紀の貴族社会を由来としていて、様々なエキゾチックな到達地点に向かいます――私たちは突然サルに変身させられた修道院の女性修道院長や、ウーアスン海峡が凍りつく際に、亡くなったきょうだいの亡霊が現れるのを今か今かと待つ二人の年老いた行き遅れの女性や、声を失った女性オペラ歌手や、鼻を失った年老いたアフリカの語り部、鏡の中に自分自身についての真実を探そうとする太り過ぎの貴族男性、拳一つで夫を殺したバレリーナなどに出会います。

『七つのゴシック物語』を読むのは、万華鏡をのぞくのに少し似ています。万華鏡を回したり、ひっくり返したりするたび、新たな模様が目に飛び込んでくるように、『七つのゴシック物語』を読むたび、様々な要素を持った新たな物語が現れるのです。ブリクセンの作品に初めて挑戦する人に、『七つのゴシック物語』はお勧めできません。それよりはガブリエル・アクセル監督により美しく映像化された『バベットの晩餐会』やオーソン・ウェルズにより映画化された『不滅の物語』（邦訳は『不滅の物語』イサク・ディーネセン著、工藤政司訳、国書刊行会、一九九五年収録『不滅の物語』／『運命綺譚』カーレン・ブリクセン著、渡辺洋美訳、筑摩書房、一九九六年収録『不滅の物語』）、『運命綺譚』や『冬の物語』から入るとよいでしょう。ですが一度熱中すると、万華鏡のような物語にいくつもの層が無限に連なっていることに驚かされ、その類い稀《まれ》なる言葉だけでなく、人間の魂の深みへの鋭い洞察に気づかされます。

人生のすべてには二つの側面があるとカレン・ブリクセンは言いたかったのではないでしょうか。そしてそれらを文字で表すのは必ずしも簡単ではありません。その点でブリクセンと同じ年に生まれ、同じ年に亡くなった同時代の物理学者ニールス・ボーアを彷彿《ほうふつ》とさせます。カレンとは異なる科学的なアプローチにより功績を残したニールス・ボーアでしたが、彼は世の中の二つの側面を見つめていました。光の性質を研究し、自身の研究室で特筆に値する発見をしました。一つの実験では波の動きをした光線が、別の実験では、分子の動きをする。論知的な観点から見て、それはありえないのです。波が円形の動きをするのに対して、分子は線上で動き、それら両方を実現するのに当てはまる現象は世の中に存在しないのです。森の湖のそばに立ち、水に石を投げこむところを想像してください。石は自らの軌道を進み、森の湖は石が当たったところから離れるように波が円形の動きをするでしょう。今から石のような動きをし、森の湖のような動きをするものを思い浮かべてみてください。

そんなものはないって？　いえ、光があります。そのことを、ニールス・ボーアは発見したのです。そしてそこから有名な相補性原理が生まれたのです。それは矛盾するもの同士はただ矛盾するだけでなく、互いが作用し合い、絡み合い、補い合うというものでした。ボーアは後にダンネブロー騎士になると、中国哲学の陰陽論のシンボルである太極図を紋章としました。その紋章はフレデリクスボー城に展示されています。

同じくカレン・ブリクセンの物語でも常に二つの次元が融合しているように思えます――"Nunquam umbra sine luce"《光なければ影もなし》――現実には常に両面がある。それは私たち人間が常に両面を持つからです。ベアリンスケ・ティーゼネ新聞の書評家を困惑させたのは、恐らくこのような側面かもしれません。なぜならブリクセンの物語では、登場人物のアイデンティティがひっくり返されているからです。『ピサへの道』（邦訳は『ピサへの道　七つのゴシック物語1』イサク・ディネセン著、横山貞子訳、白水社、二〇一三年収録『ピサへの道』／『ピサへの道　七つのゴシック物語2』アイザック・ディネーセン著、横山貞子訳、晶文社、一九八二年収録『ピサへの道』）では、例えば、主人公のアウグストス・フォン・シンメルマンがはげた老伯爵かと思いきや、実は年老いたはげた男爵の夫人であることが分かる人物や、若い男性かと思いきや、美しい若い女性であることが判明する人物や、《ポテンツァーニ》という名の権力を持つ王子かと思いきや、インポテンツであることが判明する人物に出会います。アウグストス・フォン・シンメルマン自身は、太っていなければ美しかったであろう貴族の若い男性で、アウグストスは鏡に映った自分自身の姿を「自分自身の真実」を見つけるために見つめる一方で、この本の一ページ目で、アイデンティティの問題を明らかにしました。後に彼はその劇に居合わせた際、アハ体験をします。劇の題名はなじみのあるもので、劇全体が《真実の復讐》であって、ブリクセンのフィクションと現実を再び融合させるものです。「この劇が与える教訓は、観客を楽しませた」とストーリーテラーは書きました。「劇の道化、モプサスに笑いかけられた彼らの疲れ切り、汚れた顔が輝きました」。終幕に宿屋に呪いをかけた魔女が現れ、言いました。

「私たちは操り人形の喜劇を演じている、それが真実なのだ。何と言えばいいのか、私の子どもたちよ、操り人形の喜劇で特に大事なのは、作家の考えを明示することだ。それでもあなた方に誓うのは、ある秘密であり、人々が完全に別の場所に求めるのは、真の幸運なのだ。そう、操り人形の喜劇の中で演じるのは祝福されることであり、長らく操り人形の喜劇の中に入りこんできた今では、私はできることなら再びここから抜け出すまい。だがあなた方私の共演者よ、作家の考えをはっきりさせなさい。作家の考えを極限まで追求なさい」

語り手は魔女なのでしょうか、それともブリクセン自身？　もしくはその両方？　この引用は以来、物語の中で最も重要なものは何であるとブリクセン自身が考えたかを示す説として読まれています。物語には核となる価値基準が存在し、作者は自身の最終的な結論となるアイデアを表明しているとされています。では『七つのゴシック物語』のアイデアとは何なのでしょう？　答えは恐らく、単語三つで言い表せるのかもしれません。それは「私は誰？」という問いです。ブリクセンはこの問いをすべての物語に糸のように張り巡らせ、男性に女性の役割を、女性に男性の役割を演じさせたり、自分自身の容貌にこの問いを滑り込ませたりすることで、半ば風刺しました。作家自身が男性の名前で本をしたためるという選択をした女性であるというコントラストにより、このテーマが強調されています。

アイデンティティの問題は、枢機卿《すうききょう》ハミルカールの従者カスパルソンが洪水の間に主人を殺し、主人の服を着たという『ノルデルナイの大洪水』という物語の原動力にもなっています。偶然にも、枢機卿《すうききょう》の服を着た従者のカスパルソンが災害から農家全員を救うに至りました。それによって彼は、ただ枢機卿《すうききょう》の服を着ているというだけの理由で、常に人民に対して感じてきた愛を現実のものとし、人々から称賛を得たのです。「あなたの顔ではなく、仮面を通して、あなたを知れるのです」とカスパルソンは言いました。ですが二重性はここに留まりません。物語の開始直前に命を落とした本物の枢機卿《すうききょう》は、物語の口火を切る役割を果たす信心深く、生命を顧みない男であると容易に読みとれますが、これが物語のすべてなわけではありません。物語の中で枢機卿《すうききょう》がカトリック教会の黄金の希望であるということが語られているにもかかわらず、枢機卿《すうききょう》は周りが思うほど、完全に敬虔《けいけん》ではありません。教皇自身が、以来、彼のことをこう言っています。「もしも私が今の世界の没落の際に、一人の人間が新たな世界を作ると予言するなら、この任務を打ち明けるべき唯一の相手は、私の若きハミルカールでしょう」

しかしカレン・ブリクセンは、この敬虔《けいけん》な男の人物像を通し、異端の二重性を描きました。そして枢機卿《すうききょう》がヨアキム・デ・フィオーレからインスピレーションを得た精霊についての大作を書いたと補足されています。神聖そうに聞こえますが、実際はそうではありません。なぜなら実際のヨアキム・デ・フィオーレは、世界史上最大の異端者だったからです！　彼は審判の日の予言をし、反キリストは一二六〇年に現れ、この後、人類は新たな時代、精霊のユートピアの時代を迎え、世界全体が大きな兄弟愛の中で教会はもはや必要なくなると予言したのです！

ヨアキム・デ・フィオーレは中世の有名人でした。例えば、リチャード獅子心王が彼に会おうとしたと言われており、ルネサンス期の詩人ダンテ、ペトラルカ、ボッカチオも彼の影響を受けていいます。当時の多くの人々は、ヨアキム・デ・フィオーレがヨーロッパを荒廃させた黒死病《ペスト》を予言していたと信じていました。今日でも、ヨアキム・デ・フィオーレはカトリック教会によって破門され、様々な異端派グループやプロテスタント改革、さらにはマルクス主義にも影響を与えたとされています。二〇〇九年には、当時のアメリカ大統領バラク・オバマが演説でヨアキム・デ・フィオーレを引用したという噂《うわさ》が立ち、再び物議を醸しました。しかしその噂《うわさ》は誤りであり、アメリカの聖書ベルトの急進的なキリスト教徒によって広められたものでした。

つまり、善良な枢機卿《すうききょう》がインスピレーションを得たのは、罪のない男性だけではありませんでした。彼が書いたのは、罪のない本でもありませんでした。これらのことが異端者の危うさを表しています。ブリクセンは誰もが完全なる聖人ではなく、誰もが大いなる異端者になりうる、というメッセージを伝えているようです。そして、普通の殺人者でさえ、いつかはあなたの救済者になるかもしれない、と言います。

『夢みる人びと』（邦訳は『夢みる人びと　七つのゴシック物語1』アイザック・ディネーセン著、横山貞子訳、晶文社、一九八一年収録『夢みる人びと』／『夢みる人びと　七つのゴシック物語2』イサク・ディネセン著、横山貞子訳、白水社、二〇一三年収録『夢みる人びと』）では、二つではなく、四つの異なるアイデンティティを持つ主人公のペレグリーナ・レオニが、革命家、聖女、娼婦《しょうふ》としての彼女をそれぞれ求める三人の男性たちに追われています。実際彼女は劇場の火事により声を失った類い稀《まれ》なる才能を持つオペラ歌手ペレグリーナ・レオニの「抜け殻」でした。声を失って以来、彼女は一つの人生を生きるのではなく、逃避するかのように仮面を何度も付け替え、様々なアイデンティティを生きるようになったのです。「そうだわ。私は全員が――地球上の一人残らずすべての人が、一人だけでなく、様々な人間でいられれば、心が軽くなるであろうと確信しています。気持ちがちょっぴり落ち着いて、少し快活になることでしょう。このことを哲学者が誰も考えてこず、私が気づいたのはおかしな話よね？」と彼女は言いました。ペレグリーナ・レオニという名前自体は、“falco peregrinus”（放浪者）が由来になっている“peregrinus”（巡礼者）と、“leo”（ライオン）がくっついたものです。彼女は最終的に声を完全に出せなくなり、死の床で喉から絞り出すライオンのようなうなり声を通してしか自己表現できなくなると告げられたことで、すっかり人が変わってしまいました。それ以前に、彼女は道中ずっとお供してくれた年老いたユダヤ人のマーカスと深い対話をした際、彼から大きな疑問を投げかけられたことがありました。「墓地の向こう側で『あなた方は誰ですか？』と聞かれたら、何と答えますか？」

ブリクセンはアイデンティティの問題を、『詩人』という短い物語の中で見事に描いています。物語の途中で、突然、『ピサへの道』に出てきたアウグストス・フォン・シンメルマンが現れます——今回は脇役として。そしてこの時には、彼はもはや絶望してはいませんでした。彼は彼のことを見つめる周囲の人々が感じるのと同じ皮肉めいた安らぎを鏡に映った自分の姿に覚えるようになっていました。

「『裸の王様』の物語の王様のように、威厳を保ちながら人生を進んでいました。もしかしたら自分自身の目には人々を感嘆させるような人物には映っていなかったかもしれませんが、そのことに彼は幻想を抱くことはなく、システムはうまく機能していました。そしてここ五年は、かつてないほど幸福でした」

アウグストスは『裸の王様』の王様役を演じることに幸せを見出していたのです！　ハンス・クリスチャン・アンデルセンの物語に出てくる妄想癖のある王様は、通常模範とはなりませんが、アウグストスは単なる王様ではありません。彼は物語の中で王様を笑いものにした子どもの声をも具現化しています。《アウグストス王》は、自分が何も着ていないということを見抜く唯一の人物でした。彼は自分自身の矛盾を内包していました。彼は両面性を備えているのです。

服を着ていない王であることに幸福を見出すのは少し狂っているように思えるかもしれませんし、実際に少し狂っているのかもしれませんが、アウグストスには効果がありました。そして深刻な世界にわずかな笑いをもたらすことができる《イサク・ディネセン》にも、効果があったのです。

狂人または天才の新たな声から、完全に独自の声が生まれました。私たち自身の人間性に寄り添うべき声が。なぜなら私たちはそういうものだからです。善良なだけの人も、あくどいだけの人も、模範的なだけの人も、完全に笑いものにされるだけの人も、私たちの中にはいません。私たちは自分たちの中にそれらの両面を備えていて、カレン・ブリクセンは私たちに、天使を愛し、悪魔を憎むのは容易ですが、人を愛するには勇気が必要だということも思い出させてくれます。

第六章　アフリカの日々

『アフリカの日々』はデンマークでは『アフリカの農園』という題名でギュルデンダール社から出版されました。

『七つのゴシック物語』が成功したことで、カレン・ブリクセンの人生は一変しました。母親の黒子として四年間生きてきた彼女が、たちまち《ロングステズロンの男爵夫人》に変身したのです。

リビングで遠い昔に上演された劇『真実の復讐』は、彼女がごく若い頃に書いたものです。四十歳の時にほとんど読めない文字で印刷されたその作品が、王立劇場で上演されるに至りました。

カレン・ブリクセンはこの時期、調子がよくありませんでした。病に苦しみ、自分をよそ者のように感じるようになっていました。デンマークはすっかり様変わりしていました――デンマークを離れた一九一三年当時、社会には古い階級社会的な風習がわずかに残っていました。一九三一年に彼女が戻ってきたその国は、よくも悪くも、すっかり様変わりしていました。現実は複雑で、古き日の冒険心はただの絵空事のように感じられました。政府は社会民主主義を掲げ、文学もソーシャル・リアリズムが隆盛で、社会は経済危機や失業など社会的な問題に直面していました。カレン・ブリクセンはアフリカに、雄大な自然と広大な草原に焦がれていました。

実際、本を出版する主な目的は、アフリカに戻れるだけのお金を稼ぐことでした。彼女の夢はマサイ族の子どものために病院を開き、余生をアフリカで過ごすことでした。ロンドンで彼女は有名な医師、アルベルト・シュヴァイツァーに出会い、彼にその考えを示しました。彼は目の前に立つ、小さくてやせ細った女性をいぶかしく見つめました。その計画が実を結ぶことはありませんでした。ベストセラーを出したことで稼いだ八千ドルで再びアフリカの地を踏むことはなかったのです。

ところが彼女はマサイ族に魅了され続けました。アフリカにやって来てからというもの、彼らについてエッセイを書きたいと願ってきた彼女は今、本の構想をもとに作品を仕上げるという大仕事にとりかかりはじめました。この本の題名は当初、『マサイについて』になるはずでしたが、結局は英題で *"Out of Africa"*（アフリカから出て）、デンマーク語題で *"Den Afrikanske Farm"*（アフリカの農場）になりました。

『アフリカの日々』は、カレン・ブリクセンについて知るのに、うってつけの本です。これは卓越した世界文学であり、非常に個人的な物語でもあります。この作品は『七つのゴシック物語』の哲学的深みを踏襲していると同時に、心に直接語りかける人間的な心の交流に満ちたものでした。

『七つのゴシック物語』は、トロルのトゲが目に刺さるかのように、じわじわと迫る不快感をもって書かれました。これは極めて知的な本で、壮大な哲学的、芸術的散文でした。物語で風刺された、アイデンティティを求める登場人物に「本物の人間」がいないと書評家が憂えるのであれば、『アフリカの日々』では、本物の生きた人間を見出すことができるでしょう。『七つのゴシック物語』が《私》を求める物語だとすれば、『アフリカの日々』はこの探求の答えであると言えます。『七つのゴシック物語』が「私は誰?」と問う一方で、『アフリカの日々』の語り手は、「私はアフリカで農場を営んでいた」と答えることでしょう。『アフリカの日々』と『草原に落ちる影』とその作品群の他の数箇所でだけ、カレン・ブリクセンは一人称を用いています。『アフリカの日々』と『草原に落ちる影』といった本の根幹を成す体験が、自己体験であるのは当然ですが、それでも詩とフィクション、物語の要素も多分に含まれています。本の中でブリクセンは「アフリカについての歌を歌える」と書いています。

『アフリカの日々』は自伝ではありません。デニス・フィンチ・ハットンについて言及されるのは、ほんの短い文章でだけで、ブロール・ブリクセンも一度出てくるだけです。そこには「戦争がはじまった時、夫と農場の二人のスウェーデン人助手が、志願兵に名乗り出た」と書かれており、それ以前に彼女が結婚していたことさえも全く言及されていません。経済的な問題や、コーヒー工場の火事や彼女の病気といったことは、「農場は難局を迎えていた」や「工場が火事で燃えた時……」など短くしか触れていません。まるでカレン・ブリクセンがそのようなささいなことに捕らわれることなく高尚であるかのように、またはそれがこの本の元々の意図ではなかったかのように、不幸話に終始することはありませんでした。むしろ彼女は絵画を描くのに使ったのと同じ繊細な筆でアフリカの肖像を描こうとしたのです。先述の通り、カレン・ブリクセンは『マサイについて』という題名にしようかと考えていたのですが、このエキゾチックで印象的な戦士たちは、この本のほんの一部を占めるに過ぎませんでした。この本のミッション、もくろみは、別のところにありました。そしてそのことは初めから明らかでした。

『アフリカの日々』の第一部は、デンマーク語原書で七十ページ足らずで、その大部分がカマンテに関する長い描写です。ところで、カマンテとは一体、何者なのでしょう?

カレン・ブリクセンはアフリカにいる間、農場の原住民に対し、医師の役目を果たしていました。毎朝、九時から十時まで診察をし、ベランダは眉毛の部分に傷ができている人たちや、高熱を出した赤ん坊、発疹《ほっしん》のある女性たちで埋め尽くされていました。ブリクセンは最善を尽くして彼らを助けましたが、カマンテだけはどうにもならなかったのです。彼の足は水疱と傷だらけで、どんな治療をもってしても、歯が立ちませんでした。最終的に彼女は、少年を近くにあるスコットランドのキリスト教系の病院に送ることにしました。カマンテは嫌がりましたが、カレン・ブリクセンは断固として彼を病院に行かせました。三カ月後、カマンテは戻ってきました。傷は治り、カマンテはクリスチャンになっていました。この時点から彼は、ブリクセンに強い絆《きずな》を感じ、キクユ族の家族の元から農場へと移り住みました。

描かれる人物像は、カマンテのあらゆる側面を示しています。カマンテは傷つきやすく、危ういと同時に強くもあり――唯一無二のサバイバーでした。カマンテは悪魔的でした――痛みが彼の魂に巣くい、彼に陰鬱な沈黙を――底知れぬ不可解さをもたらしました。ところが彼はまた慈愛に満ちた人物でもあり、犬の肉球にトゲが刺さるたび、抜いてやりました。カマンテは不格好で、成長し切ることのない棒のような奇妙な脚を持つツルのように見えましたが、料理の才能もありました。彼はカレン・ブリクセンの古い料理人、エサから料理法を教わり、やがてキッチンで才能を開花させることになります。地域一帯にカレン・ブリクセンのキッチンの評判が広まりました。カマンテは自家製のマヨネーズから、ウェールズの王子に給仕するような難しいソースまで作りましたが、彼自身はそれらのごちそうを食べようとはしませんでした。彼はシンプルでつつましいキクユ族伝統の料理を好みました。

カマンテは控え目な行動をとりました。乾期の間にカレン・ブリクセンが本を書いていることに気づくと、しばらく考えた後、彼女に尋ねました。カマンテ自身は読むことができませんでしたが、カレン・ブリクセンの本棚から『オデュッセイア』を見つけ、聞きました。「ムサブ、本には何が書かれているんですか？」

ブリクセンは彼に『オデュッセイア』の物語を語り、オデュッセウスが《誰でもない》と名乗り、キュクロープスのポリュペーモスを欺いて逃げた話をしました。カマンテは「彼はその言葉を自分の言葉でどう言ったのですか？」と尋ね、ブリクセンは「オーティス（Outis）」と答えました。カマンテはしばらく考えた後、カレン・ブリクセンがちょうど書いていた本について尋ねました。何について書いているのか、と。カレン・ブリクセンは例えば彼について書くこともできると話しました。カマンテは瞳に警戒の色を浮かべ、一体、自分について何を書こうとしているのか、と尋ねました。ブリクセンは彼が子どもの頃、草原のヤギの番をしていた時のことを書けると答えました。彼は当時、何を考えたのか、怖いと思ったことはなかったかと尋ねると、「思いましたよ」とカマンテは答えました。「草原の少年はおびえていました」「何におびえていたの？」ブリクセンは知りたがりました。カマンテは黙りこみました。彼は目の前を見つめました。自分の心の内側をのぞきこんでいたのです。それからほほ笑みました。「オーティス（Outis）です。草原の少年はオーティス（Outis）を恐れていたのです」

カマンテは孤独で、危険にさらされ、傷ついていましたが、同時に強く、愛情深く、注意深い人物でもありました。彼は単細胞で学がなく、同時に悪魔的で、天才でもありました。カマンテは言い換えるなら、一人の人間が持ちうるあらゆる性質を備えた人物で、そのことは大きな評価に値しました。

『アフリカの日々』には植民地時代の空気が色濃く表れていますが、ブリクセンはこの本の第一部すべてをカマンテと彼が農場で育てたブッシュバック／ガゼルのルルに捧《ささ》げました。これにより、彼女は他の入植者が見過ごしていたことを成し遂げました。それは、現地民を個人と見なすことです。カマンテは単なる「アフリカ人」ではなく、伝記にされるのに値する人物でした。カマンテはブリクセンの友人であり、彼の真の姿を知るのはブリクセンだけでした。彼女がアフリカを離れた後、カマンテはナイロビの路上で失業者としてつらい生活を送らねばならず、世界は彼をありのままに見ようとしませんでした。「大きな《料理人》が歩いている場所に、世界は今、小さな細い脚をしたキクユ族、平らで動かない顔をした小人以外の何者でもないと見ている」と彼女は書いています。彼についての伝記のラスト数ページを読んで心を動かされない人は、心のない人でしょう。ブリクセンはデンマークに戻った後、カマンテからの長い手紙を受けとりました。彼自身、読み書きができなかったので、ナイロビのインド人書記に聞かせた内容を書きとってもらったのです。手紙の大半は礼儀正しい言葉や意味のない言葉で、ほぼ理解不能でした。

「……これらの知らせは現実とは思えず、人生からのメッセージというよりは影や鏡の映像のように見える。というのも、カマンテは書くことができず、英語を話すこともできないからだ。彼や他の誰かが私に手紙を送る時は、プロのインド人書記のところに行く。（中略）プロの書記もあまり英語が上手ではなく、書けるとは言いがたいのだが、彼ら自身は書けると思っているようだ。彼らの技巧を示すために、手紙には大量の文字や殴り書きが詰めこまれ、それを解読するのは難しいのだ。彼らはまた、手紙を二、三色の異なるインクで書く習慣があり、その動機は何であれ、インクが途中で尽きたように見せかけて、最後の数滴をすべての瓶から絞り出したような印象を与える。そこから生まれるのは、まるでデルフォイの神託のようなメッセージだ」

それでも、カマンテの無言の声が手紙を通して彼女に届くかのようでした。地球の反対側からでも、その声は美しく、力強く、心に迫ってきます。「戻ってくると書いてください」とカマンテは書いています。「私たちは皆、あなたが戻ってくると信じています。なぜなら、私たちはあなたが私たちのことを決して忘れられないと信じているからです。あなたがまだ私たちの顔と母親の名前を覚えていると信じているからです」

カマンテはカレン・ブリクセンの心の中に深く刻まれ、彼女は彼のことを他の人々にも伝えることができました。その結果、彼についての記憶は世界文学に残り、何十万もの読者の心にも残りました。また、カマンテが明かしたところによると、料理人のエサも『アフリカの日々』で重要な役割を果たしました。戦争中のある時期に彼は農場を離れなければなりませんでした。彼が戻ってきた時の再会の喜びは大きく、彼はカレン・ブリクセンに贈り物をしました。それは黄緑色の葉のついた神話的な木の絵で、葉の一枚一枚に非常に小さなアラビア文字がインクで書かれていました。カレン・ブリクセンはそれらの言葉の意味を知ることはありませんでしたし、エサもまた分かりませんでした。しかし、この神秘的で美しい絵をカレン・ブリクセンは彼女の本の表紙に使いました。

『アフリカの日々』の第二部は、『猟銃事故』という題名の、アフリカを舞台にした特異な法廷劇です。カレン・ブリクセンは乾期にベランダに立ち、雲の影が光る星の横を通り過ぎるのを見てみたいという希望を胸に、夜空を見つめていました。辺り一面、静寂に包まれていました。ところが一撃で、夜が引き裂かれました。農場の子どもたちのうちの数人が、彼女の借家人のライフルで遊んでいたことが明らかになります。少年カベロが誤ってライフルを発砲してしまったのです。カレン・ブリクセンが大急ぎで小屋に駆けつけると、壁が血まみれになっていました。五人の子どもに弾が当たり、そのうちの二人は重傷で、一人は顔の下半分が吹き飛んでしまっていました。夜中に彼女は負傷した子どもたちを後部座席に乗せ、ナイロビに車を走らせました。一人は道中で息を引きとり、もう一人は、入院できることになりました。

アフリカ人にとっての正義の概念が欧米人のそれとは異なっているため、この後、長く複雑なプロセスが待ち受けていました。犯罪の原因や犯罪者の責任について、アフリカ人たちが問うことはありませんでした。彼らは罰することに関心がなく、バランスをとり戻すこと、失われたものの穴を埋めることにしか興味がありませんでした。銃を暴発させてしまった少年のために何頭の牛を父親が差し出すか、子どもを失った人たちにいくら補償するのか、長い計算が続きました。この制度は初め、カレン・ブリクセンが故郷デンマークで権利と公正について学んだことと全く違っていました。ですが、次第に彼女はこの制度の根底にある建設的な「法」を理解するようになっていきました――ここで問われていたのは、罰することではなく、先に進むこと、生き延びることだったのです。カレン・ブリクセンは今や、原住民たちのいさかいや争いの「裁判官」となり、部族の長老たちが問題について話し合っているのに立ち会いました。たとえ解決策を求められずとも、彼女がそこにいることが重要だったのです。彼女がいると、物事は順調に進みました。

銃の暴発の問題は進展し、「殺人者」カベロは自殺したと考えられていましたが、実際はマサイ族の保護区域に逃げこみ、そこに七年間、身を隠していました。亡くなった子どものためのお見舞金を払わなくてはなりませんが、病院にまだいる負傷者は彼の傷の程度が完全に明らかになるまで額を決められませんでした。彼がようやく家に戻ると、奇妙なプロセスが待ち受けていました。彼の祖母が魔女であることが判明し、黒魔術が農場に入りこんできました。カレン・ブリクセンが最終的に究極の手段を用い、キナンジュイを呼んだことで、すべてが暴走しはじめました。キナンジュイは地域のキクユ族の最高指導者でした。大きな威厳を持って彼の人物像が描かれました。彼は自動車を運転し、サルの皮をまとい、半ば神のような存在でした。

キナンジュイが農場に現れた時、何もかもが混沌《こんとん》としていました――数百人のキクユ族がすでにこの訴訟に関わっており、最終的な罰金として、仔牛《こうし》を身ごもった初産の雌牛一頭が支払われようとしていた際、皆がその場にいたのです。大勢が喧嘩《けんか》をはじめ、雌牛を値踏みし、それが妥当な補償かと大声で言い合いをはじめました。

偉大なキナンジュイはこの混乱と興奮を高尚な平静心で受け入れました。彼は自らの王座に腰掛け、すべてを観察し、全く何も言いませんでした。ブリクセンは書きました。「叫ぶ聴衆に背を向ける彼を見た時、私は王の素顔が表向きの様子にどれぐらい現れているのかを理解しました」。彼の周りで群衆は落ち着きをとり戻し、カレン・ブリクセンとキクユ族の王の指紋によって契約が結ばれました。

ブリクセンのアフリカ像全体に通底する特徴は、静寂です。静寂を通して彼女は《ボンゴの国》というステレオタイプとは異なるアフリカ像を示しました。静寂によってアフリカの雄大さを示したのです。「文明化された私たちは、静寂を保つ能力を失ってしまった」とブリクセンは書いています。「原住民と何十年も暮らしてきた何人かのヨーロッパ人が経験してきたように、私は（アフリカ人の）完全な静寂を学べるほど、彼らと長くは暮らしてきませんでした。私は若かった。（中略）アフリカでの私の生活を振り返ると、喧噪《けんそう》と不穏さに満ちた世界から静寂の国へと抜け出した人間の生活だったと言えます」。偉大なキナンジュイは静寂の技術を極めていました。彼は何かを言う必要も、する必要もありませんでした。世界の喧噪《けんそう》から離れ、世界が平穏をとり戻すのを気品をもって待ち、穏やかに威厳をもって、書類にサインしたのです。

第二に注目すべき点は、この本の第一部と第二部が御用聞きの少年の肖像という側面と、悲劇的な事故の描写により成り立っている点です。世界大戦と比べれば、ささいな出来事であるとも言える農場での惨事と、そこで自分たちの流儀を貫く人々についてです。それらささいな事柄を通して、カレン・ブリクセンは大きなものを示そうとしました。一つの小さな人間と一つの小さな出来事を通して、世界全体を示したのです。

これは『アフリカの日々』全篇に見られるパターンであり、例えば、デニスよりもカマンテについて多くのページが割かれていますし、ウェールズの王子やブリクセン家やフィネケ家の貴族の友人らよりも、農場で人生の最後の時を過ごした盲目で酒浸りの船乗り、クネッセン老人について多くのページが割かれています。

第三部の『農場への客たち』は短い思い出の断片で成り立っています。ここで最も印象的なのは、最後の「断片」である『翼』というタイトルで、デニスとカレンがサヴァンナ上空を飛行する様子が描かれていることです。

「アフリカの高地の上空に上がると、壮大な景色が広がる。ここでは光と色の壮大で驚くような調和と変化が見られる。太陽に照らされた緑の大地に虹が架かり、垂直に伸びる雲と激しい嵐が四方で競い合い、野性的なダンスを繰り広げる。横殴りの激しい雨がムチを打つように降り、周囲の世界が斜めに白く染まる。飛行中に得る印象は従来の言葉では表現しきれず、時がたつにつれて、新しい言葉を思いつく。大地溝帯と二つの消えた火山であるススワとロンゴノットの上空を飛ぶ時、人は広大な経験を積み、月の向こう側の国々を訪れたように感じる。また低空飛行していると、平原の動物たちが見え、神がアダムに名をつけさせる前に、動物たちを創造した時の神の心境になる」

ブリクセンの作品のあちこちにこの魔法のようにすばらしい旅の要素がちりばめられています。『七つのゴシック物語』から『運命綺譚』に至るまで、すべての物語において、主人公がどう空中に浮かび、翼を持ったか、あるいは飛んでいると感じたかが描かれています。無重力の感覚は毎回、強烈な幸福感と全能感をもたらしますが、それと同時に常に運命的な要素も伴います。『アフリカの日々』でデニスとカレンのサヴァンナ上空の幻想的な飛行の物語を息を呑んで見守るのは、その結末を知っているからです。デニスだけでなく、ハンス・ブリクセン゠フィネケ男爵の命を奪ったのが、まさにこの飛行旅行だと読者は知っているからです。

『アフリカの日々』の第四部は『入植者の手帳から』と題され、第三部の思い出の断片と似た内容ですが、その他にもたくさんの奇妙な物語が含まれています。例えば、カレン・ブリクセンがデンマークに送った手紙に由来するコウノトリについての物語などです。『人生の軌跡』と題されたこの物語にはイラストがついており、語り手がストーリーを語りながら絵を描くことを目的としています。それは次のような話でした。

「昔、小さな三角形の庭のある小さな丸い家に、一人の男性が暮らしていました。家のそばには魚がたくさんいる湖がありました。ある晩、男性は湖からのけたたましい音で目を覚ましました。暗闇の中、湖の周りを歩いた男性は、三度溝に落ち、三度立ち上がりました。その後も進んでいくうちに再び溝に落ち、また三度立ち上がりました。ようやく彼は騒音の原因となっていたダムの穴を見つけました。穴を塞いだ後、三角形の庭のある小さな丸い家に戻りました。翌朝、目を覚ますと、夜の散歩の間に歩いた足跡が、コウノトリの輪郭を描いているのが見えました」

物語は人生の道を見つけることについて語っています。キルケゴールが言ったように、人生が前に進んでいるということは後から振り返って初めて理解できるのです。人間である私たちは、暗闇の中で何を探しているのかを分からずに転がり続けます。しかし、ある日、家に戻ると、自分たちが何者なのか、そして自分たちが描いた「コウノトリ」とは一体何なのかを発見するのです。

家族に宛てた手紙の中で、ブリクセンは今、自分がどの鳥を描こうとしているのかを考えました。当時、彼女の最大の夢は農場経営に成功することであり、その後、自分が故郷に戻って世界的に有名な作家になるとは夢にも思っていませんでした。まるでカレン・ブリクセンのあらゆる試み――彼女が望み、夢見たことすべて――が実現せず、逆に全く想像しなかったようなことが成功したかのようでした。

第五部は『農園を去る』という題名でした。ここではブリクセンに降りかかった数々の不幸が簡潔に語られています。物語の舞台は、偉大なキクユ族の首長、キナンジュイの死です。農場が競売に掛けられ、もはや冒険の夢を抱けなくなったカレン・ブリクセンは、瀕死のキナンジュイを裏切ることになります。キナンジュイは病気で、トラックが彼を宣教師病院に運びに来ました。キナンジュイは宣教師病院に行きたがらず、彼の息子たちはカレン・ブリクセンにそれを阻止するよう懇願しましたが、彼女は拒否しました。彼女が彼を拒んだ際、ペテロがイエスを拒んだ時のように、象徴的に雄鶏が二度鳴きました。

キナンジュイが息を引きとると、「古きアフリカ」もともに葬られました。ヨーロッパ人たちは彼をやや小さ過ぎる棺《ひつぎ》に押しこみ、キリスト教の慣習に従って埋葬しました。この場面全体は喪失と虚無感、そして哀しみに満ちています。

『アフリカの日々』は長い原罪の神話としてしばしば読まれてきました。この本に集約された一つのアイデアがあるとするならば、それは次のようなものでしょう。読者として私たちは罪のない世界、より正確には、罪を問うことが何の意味もなさない世界に誘われます。私たちは文明に毒されていない壮大な景色に触れ、その地に私たちと同じように感じ、考え、行動する人たちが暮らしていることに気づかされます。私たちは自分たちと共鳴する体験をするのです。

ところがこの楽園を脅かす力が存在し、本を通してその存在をますます強く感じるようになります。特に第四部では、例えば『野生の大地では野生の大地が助けに来る』という短いテキストが出てきます。ブリクセンは新たな入植者たちが雄牛と雌牛を交配させ、飼い慣らされた雄牛を作ろうとする試みを描いています。しかし、その試みは失敗し、牛はきちんと働こうとせず、カレン・ブリクセンの管理者はその暴れる牛を縛っておかなくてはなりませんでした。

夜中に『野生の大地では野生の大地が助けに来る』と言えることが起こり、ヒョウが縛られた無力な雄牛のところに忍び寄り、文明化によりもたらされた悲惨さから雄牛を助け出したのです。

ところがこの文明化によりもたらされる破壊的な力は、同時に愛の宣言でもあります。特に、デニスとのライオン狩りの描写は、半ばエロチックな逢瀬《おうせ》のように感じられます。物語の中でデニスは雌ライオンを撃ち、カレンは雄ライオンを撃ちました。

「私は彼のライフルをろくに操れなかった。それはあまりに重く、長過ぎ、撃つたび、激しい衝撃が加わった。でも、今回は愛の宣言としての一撃だったので、口径が最大のライフルを使うべきではなかったのだろうか？」とカレンは問いかけました。雄ライオンは王のように倒れ、雌ライオンは彼の宿命の女（femme fatale）であるかのように倒れました。カレン・ブリクセン自身は、楽園に毒をもたらす蛇を自身の内に感じていました。彼女は重力から解放されることや飛ぶことを夢見て、半ば神がかったビジョンを何度も見ました。ですが、人間が何かの神になることは許されていません。夢破れ、翼は折れ、楽園の扉は閉ざされたのです。

作家というのはしばしば二作目の産みの苦しみを味わうものです。『アフリカの日々』によってカレン・ブリクセンはこの難題を見事に克服しました。この作品は彼女の作家としての地位を新たな高みへと引き上げました。この作品もたちまち今月の本に選ばれ、『七つのゴシック物語』を超えるベストセラーになりました。もはや一発屋ではなく、キルケゴールに並ぶ高尚さから繊細な人間らしさまで――ヨーロッパ文化からありのままのアフリカの自然まで、さらに王族の高貴さから、キクユ族の子どもの目の輝きまでを描いた作家と認識されるようになったのです。

ロングステズロンの屋敷では、『アフリカの日々』の刊行とそれによる成功は、インゲボー・ディネセンが晩年に経験した主な出来事の一つでした。一九三九年一月、彼女は八十三歳で亡くなりました。

ロングステズロンは空き家になりました。代替わりして、ヴィルヘルムとインゲボーは姿を消し、カレン・ブリクセンは女主人の役目を引き継ぎました。彼女の姉妹の大半は結婚し、カレンは母親の死後もロングステズロンに住み続けることが許されました。その後、彼女はロングステズロンを彼女の望み通りに改装しはじめましたが、インゲボーが統治した時代の部屋を一目見れば、カレンによる改修がほんのわずかであることが分かります。全体としてディネセン家はほぼそのままの形で保存されました。一族の伝統はこうして守られたのです。

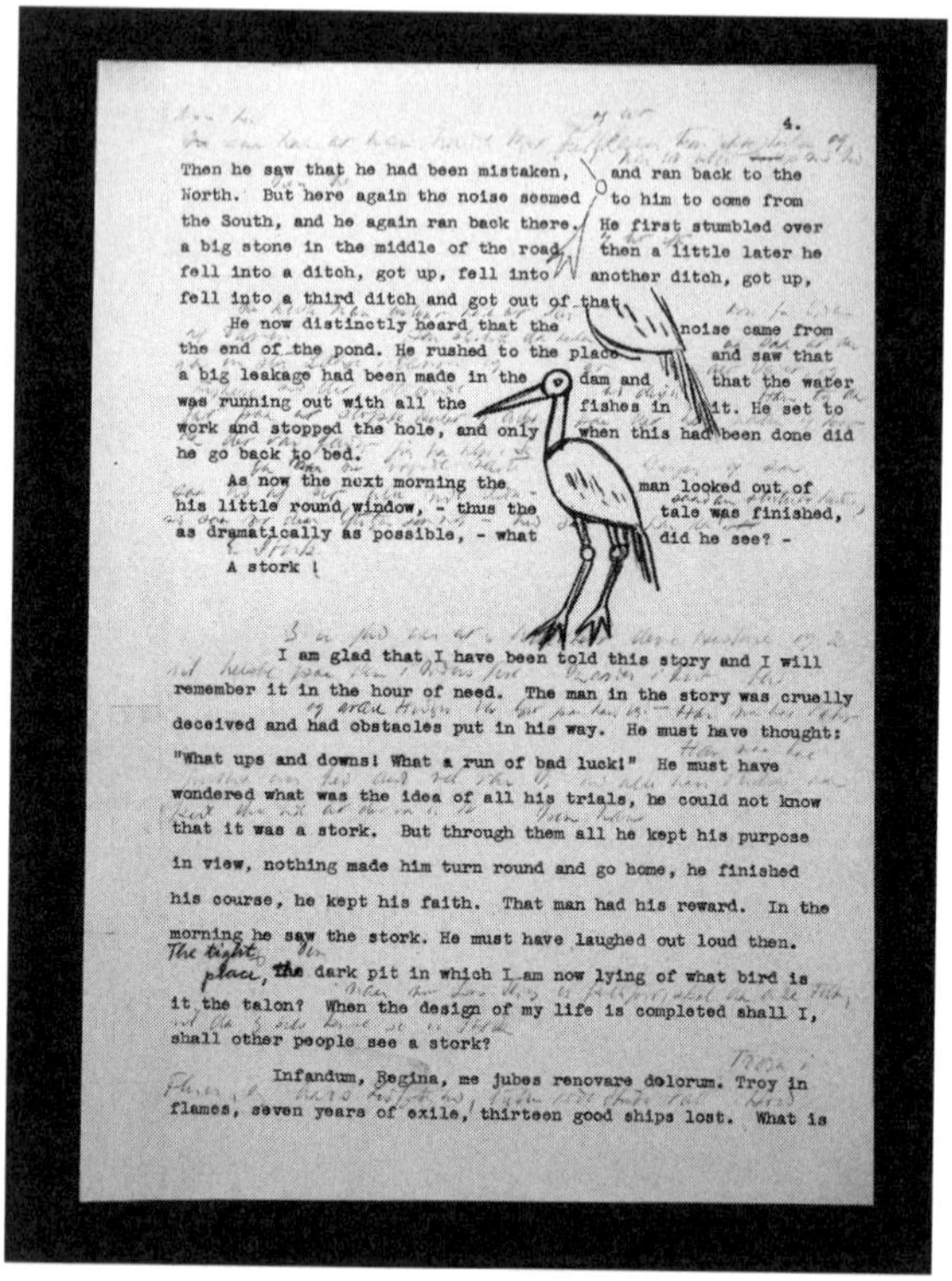

4.

Then he saw that he had been mistaken, and ran back to the North. But here again the noise seemed to him to come from the South, and he again ran back there. He first stumbled over a big stone in the middle of the road, then a little later he fell into a ditch, got up, fell into another ditch, got up, fell into a third ditch and got out of that.

He now distinctly heard that the noise came from the end of the pond. He rushed to the place and saw that a big leakage had been made in the dam and that the water was running out with all the fishes in it. He set to work and stopped the hole, and only when this had been done did he go back to bed.

As now the next morning the man looked out of his little round window, - thus the tale was finished, as dramatically as possible, - what did he see? -

A stork !

I am glad that I have been told this story and I will remember it in the hour of need. The man in the story was cruelly deceived and had obstacles put in his way. He must have thought: "What ups and downs! What a run of bad luck!" He must have wondered what was the idea of all his trials, he could not know that it was a stork. But through them all he kept his purpose in view, nothing made him turn round and go home, he finished his course, he kept his faith. That man had his reward. In the morning he saw the stork. He must have laughed out loud then.

The tight place, the dark pit in which I am now lying of what bird is it the talon? When the design of my life is completed shall I, shall other people see a stork?

Infandum, Regina, me jubes renovare dolorum. Troy in flames, seven years of exile, thirteen good ships lost. What is

『アフリカの日々』に出てくるコウノトリの話。

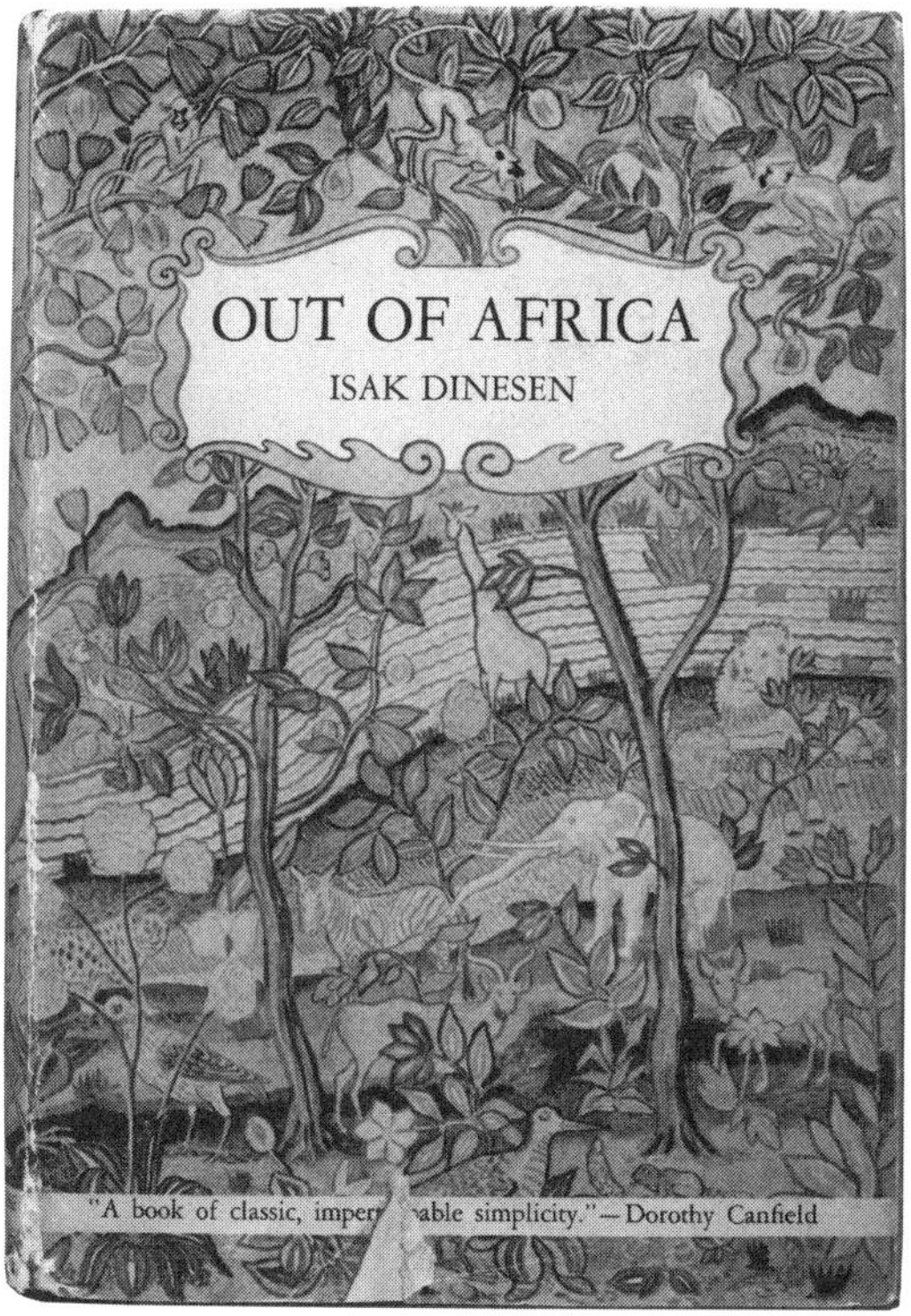

"Out of Africa"（アフリカから出て）の表紙（『アフリカの日々』英語版）。

第七章　戦争中の国からの手紙

一九三九年の春、インゲボーが亡くなって間もなく、カレン・ブリクセンは多額の旅費助成を受けました。いよいよファラーと再会できることになったのです。旅の計画が進められ、ブリクセンはファラーとメッカに聖地巡礼の旅に出て、道中の様子を書き記そうとしました。夏にはロンドンのアラビア代表団からサウジアラビアの王、イブン・サウードへの紹介状を書いてもらう約束をとりつけました。これで目的は果たせるかと思われましたが、再び彼女は運命に翻弄されることとなります。暗い雲がヨーロッパに立ちこめました。秋の初めに、ヒトラーがポーランドを侵攻し、第二次世界大戦がはじまったのです。

アラビア諸国を旅するというブリクセンの計画は頓挫しました。二日後、彼女はポリティケン新聞に、ジャーナリストとしてデンマーク以外ならどこでも働きたいと申し出ました。程なくして、ポリティケン新聞との契約が成立しました。ブリクセンはロンドン、パリ、ベルリンというヨーロッパの三つの大都市についての現地報告連載『戦争中の国からの手紙』を書くことになったのです。ブリクセンはロンドンとパリ滞在は難なくいくと考えていました――どちらの町もよく知っていましたし、英語とフランス語を流暢《りゅうちょう》に話せたからです。ところがベルリンは少し居心地が悪かったようです。第一に彼女はドイツ語を話さず、第二に「第三帝国とのつながり」が全くなかったと書いています。ディネセン家は主に戦場でドイツ人と対峙《たいじ》してきました――一八四八年にA・W・ディネセンの砲兵士官としての参戦、一八六四年のヴィルヘルム・ディネセンのダーネヴィルケ砦への二等尉としての参戦、トマス・ディネセンのパルヴィエ゠ル゠ケノワのそばのフランスの塹壕《ざんごう》でのカナダのブラックウォッチ隊への援軍などがそうです。

ですがブリクセンにはドイツに友人が二人いました。一人はアフリカで知り合った退役軍人フォン・レトウ・ヴォルベックで、もう一人はデンマークの王女ルイーセ・エ・シャウムブアグ゠リッペの孫娘のルイーセ・エ・ポツダム王女でした。皇帝の時代だったドイツとヒトラーのプロパガンダ政府の二人を通じて、驚くほど限られていた第三の王国についての情報を得ることができました。

一九四〇年三月一日にブリクセンはドイツへ旅立ち、四月二日にデンマークに戻ってきました。その翌週、ポリティケン新聞のエッセイに自身の所感をまとめました。それが『戦争中の国からの手紙』です。ですが、それが印刷されることはありませんでした。四月九日にデンマーク人たちはドイツの飛行機の音で目を覚ましました。ヴァーサ演習がはじまり、二十四時間もしないうちにデンマーク王国は新しい大ドイツに占領されたのです。戦争になる前に、軍隊は降伏し、戦闘が行われたのは南ユトランド半島とアマリエンボー宮殿広場だけで、その戦いも多勢に無勢で、あっという間に決着がつきました。ヒトラーの軍隊はユトランド半島を進軍し、コペンハーゲンを海側から占領しました。こうしてカレン・ブリクセンがベルリンから得た印象について書いた文章は突然、全く別の意味を持つようになりました。彼女がそれを発表したのは、一九四八年、文芸誌『ヘレチカ』でのことでしたが、当時はまだ占領の記憶がつい最近のこと過ぎて、彼女の観察が真に評価されることはありませんでした。ですが、現代の読者にとっては、『戦争中の国からの手紙』は非常に考えさせられる内容です。

ブリクセンは、アフリカで出会った戦闘民族のマサイ族やイスラム教徒のソマリ族を観察した時と同じアプローチで、ドイツにもとり組みました。彼女は偏見のない視点と、探求心をもってドイツ人を観察し、まるで文化人類学者がフィールドワークを行うように接しました。彼女は第三帝国がわずか七年間で実現した巨大な建築物の建造や都市計画に驚嘆し、それを自分の目で見なければ信じなかったことだろうと主張しています。しかし「どこかに恐怖がある」とブリクセンは書きましたが、それが彼女自身のものなのか、それとも建築計画の責任者たちのものなのか、はっきりとは分かりませんでした。彼女はドイツ人の秩序立った社会を「おばけのよう」と表現し、彼らが自らの生活を過度に組織化していると感じました。ヒトラー率いるドイツで見出した狂気の起業家精神は、それがどれだけ感動的であっても恐ろしいものでした。「果たして第三帝国のようなものがこれまでにあっただろうか？」と彼女は自問し、ナチズムに比類する唯一のものはイスラムだという結論に達しました。イスラムがナチズムと似ているのはその世界観だとブリクセンは書き、ヒトラーの著書『我が闘争』の一部がコーランの中のある章に似ているとまで述べています。「どちらのメンタリティがより危険かは分からない」とつけ加えましたが、最終的にイスラムには少なくとも神がいるという癒《い》やしの側面があると結論づけました。しかし人種思想については、何の救いもないと考えました。「人種差別的なイデオロギーは、自らを滅ぼすものであり、与えることも受けとることもできない」とブリクセンは書いています。彼女は、人々の魂を支配しようとするドイツの医師たちに恐怖を感じました。「あなたたちのことが分からない」とブリクセンが言うと、彼らは笑顔で「でも理解できるようになるでしょう。私たちが世界に示すつもりですから」と答えました。

カレン・ブリクセンはジャーナリストではなく、人間理解者であり、彼女が描く人物は普通のドイツ人でした。しかし、それは恐怖政権下での普通の人々という意味でした。彼女は、ドイツでも《ターニャ・ブリクセン》の名で本を出版しており、有名だったため、公式な招待を受けることが多かったにもかかわらず、意識的にナチスのトップ指導者との会話を避けていました。

エッセイの中で彼女は、一度招待に応じたものの、後から断りの手紙を送り、会合に出席しなかったと述べています。彼女はその招待がアドルフ・ヒトラー自身からのものであったとは書きませんでした。ブリクセンはヒトラーが『七つのゴシック物語』と『アフリカの日々』のサイン本を持参するよう求めていると聞いて、うろたえました。その時、突然、彼女はひどい風邪に見舞われました。「思考の中で何かが強く反発したのでしょう」と晩年にその招待の主を明かした際に書いています。

ブリクセンがナチズムをイスラムと比較した際、彼女の頭にあったのは、現代のイスラムではなく、八世紀にフランク王カール・マルテルにトゥール・ポワティエ間の戦いで止められるまでヨーロッパを侵攻した古代イスラムでした。

それでもブリクセンと彼女の同時代の人々が、この比較がどれほど的を射ているのかを知るよしはありませんでした。ナチス・ドイツとイスラム世界には密接なつながりがありました。アラブ世界の著名な人物たちは、ヨーロッパにおけるヒトラーの戦争をイギリスの植民地支配から逃れるチャンスと見なし、ヒトラーの反ユダヤ主義を共有していました。エルサレムの大ムフティー（スンナ派のイスラム教国におけるイスラム法に関わる官吏の最高位者に対する称号）、アミン・アル・フセイニはハインリッヒ・ヒムラーらと親しい友人関係にあり、ヒトラーはアラブ世界では解放者として称えられ、イエスと並ぶ預言者とされました。

一九四一年に大ムフティーがエルサレムから退却しなければならなくなった際、逃げた先はヒトラーと落ち合うベルリンでした。ヒトラーは大ムフティーを軍事的に助ける計画は全く立てていませんでしたが、彼が祖国でユダヤ人根絶を実行する手助けをしたいと思っていました。

ヒトラーはアラブ世界に国家社会主義の豊かな土壌を見出し、一九四三年に彼自身の到来が予言されていたかどうかを調べるため、言語に長けた者たちにコーランを徹底的に分析させました。

戦後、《ムスリム同胞団》という名の組織の下、ヒトラーへの熱狂が続きました。同胞団は、イタリアのファシズムとナチズムの両方から強烈なインスピレーションを得たハッサン・アル・バンナによって一九二八年に創設されました。アル・バンナの思想は、第二次世界大戦後、ムスリム同胞団の主要なイデオロギーとなったサイイド・クトゥブによってさらに広められました。サイイド・クトゥブは、今日のアルカイダにインスピレーションを与えたとされる『道しるべ』（邦訳は『イスラーム原理主義の「道しるべ」：発禁・〝アルカイダの教本〟全訳と解説』岡島稔・座喜純訳、第三書館、二〇〇八年）という本を書きました。

ブリクセンがこのことすべてを知ることはできませんでした。しかし同時代の人たちがほとんど気付かない中で、彼女の比較は完全に的外れなわけではありませんでした。

カレン・ブリクセンは四月九日以降、ナチスについての文化人類学のフィールドワークを続けることはありませんでした。代わりに彼女はロングステズロンに一人こもりました。分かっている限りでは、七千人のデンマークのユダヤ人が数夜の間に、ウーアスン海峡からスウェーデンへと渡り、占領軍が「最終的解決」を実行できないようにした一九四三年十月の出来事に関連する紛争にのみ彼女は関わっていたはずです。捕らえられ、テレジンシュタット送りになったデンマークのユダヤ人は五百人足らずでした。ロングステズロンはウーアスン海峡を渡る逃亡の際の理想的な場所であり、カレン・ブリクセンはこの計画に関わり、逃亡者をかくまった大勢のうちの一人でした。占領は何よりカレン・ブリクセンに、デンマークやロングステズロンに閉じこめられたと感じさせました。渡り鳥がアフリカから戻ってきて、家に隣接する森の木々のてっぺんに留まる時、彼女は何度もロングステズロンの《イーヴァルの部屋》の窓から海や空を、切なそうに眺めたに違いありません。

第八章　冬の物語

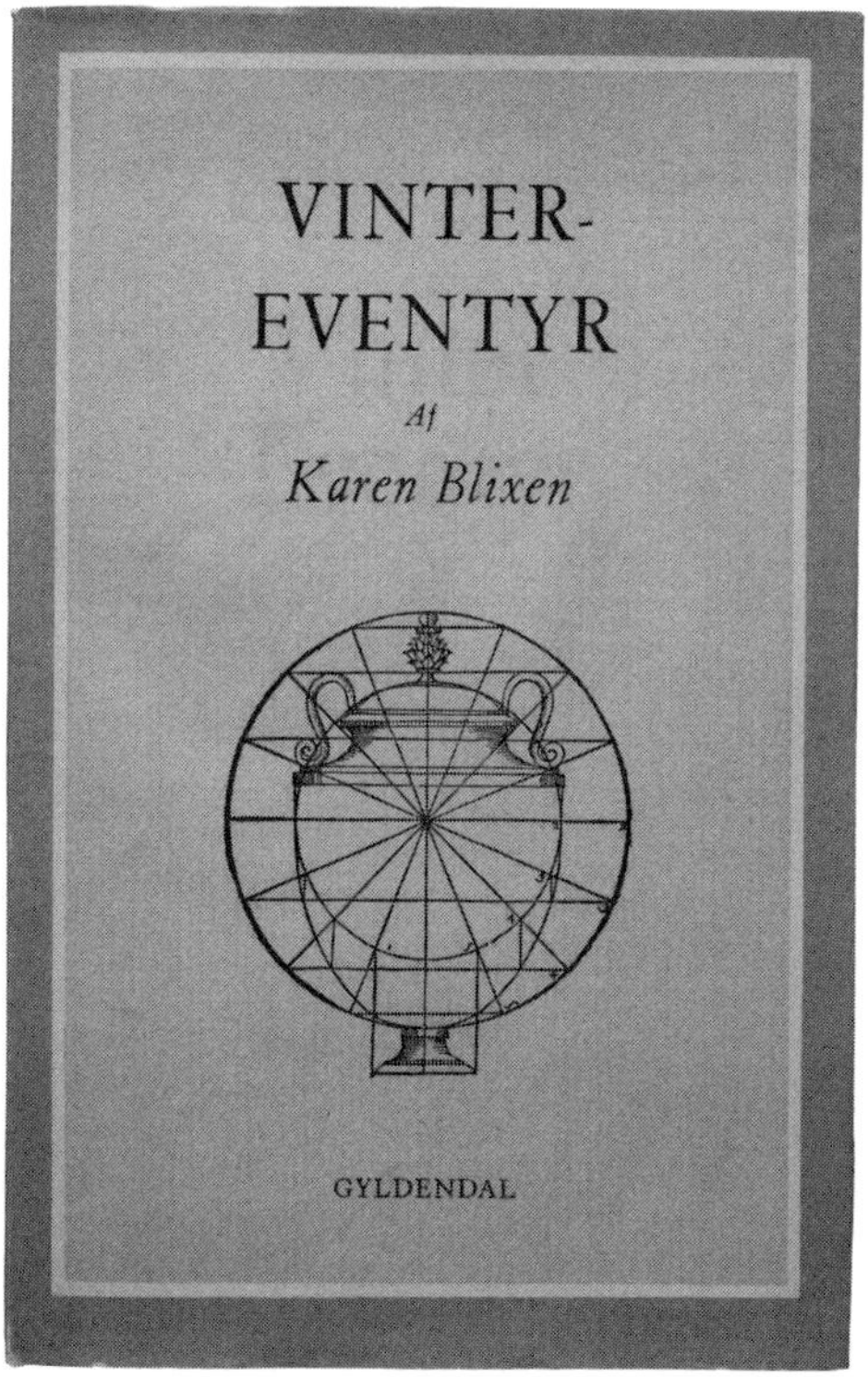

デンマークで出版された『冬の物語』第二版の美しい表紙は、ブックデザイナー、ステーン・アイラー・ラスムッセンが手がけました。

カレン・ブリクセンにとって、アメリカやイギリスの友人をはじめとする、周りの世界から切り離されるのはつらいことでした。ですが、一八六四年、ドイツに対するデンマーク敗北の後、詩人のH・P・ホルストが書いたように、「外で失われたものは、内でとり戻さねばならない」のです。そしてそのようにロングステズロンでも事は進みました。ストランド通りの施工に際し、カレン・ブリクセンは古い石塀を移動させなくてはなりませんでした。彼女の運転手、アルフレッド・ペーターセンが仕事をはじめましたが、移動の際、奇妙なものに出くわしました——それは腕と手の形に似た神秘的なくぼみのある石でした。くぼみがあまりはっきりしていなかったため、ブリクセンは偶然だろうと考えました。それでも彼女は最終的に国立博物館のブロンドステッド教授に電話しました。「すぐに行きます！」というのが教授の言葉でした。

アルフレッドが真に発見したのが何かが明らかになりました。その石はデンマークの最も古い時代のもので、くぼみは二千五百年から三千年前の石器時代の人たちによりつけられたものでした。それは確かに手の——神の手の絵でした。ブリクセンは親指の位置から、それが左手ではないかと思いました。「いやいや」と教授は言いました。「これは手の平側から見た右手ですよ。神は石に宿っているのです」

ロングステズロンについて残る最古の記述は、旅人が祈りを捧《ささ》げる巡礼地としてその場所が機能していた中世のものです。かつて祈りの場は、過去の聖地の上に築かれることが多かったようです。庭で見つかった岩絵から分かるように、これはどうやらロングステズロンにも当てはまるようです。手から波や光のように短い線が伸びています。これと同じような石が、シェラン島や南スウェーデンなど他の場所でも見つかっています。考古学者たちは、それらが同じ大きな宗教から来ていると考えています。五本の指と四本の線を組み合わせると、九という数字になり、九とは妊娠周期が終わるまでの月数に相当します。恐らくそれは子宝を願う宗教なのでしょう。

石の発見はカレンの個人的な世界によい影響をもたらしました。自分は三千歳だとジョークを飛ばし、その証拠に石を使ったのです！　誰も覚えられないほど長い間、人々はその場所を魔法的で魅惑的な場所と見なしてきました。それに、これは彼女にアフリカを、彼女のこの場所の地面から掘り出された小さな「原始時代」をかすかに思い出させたのかもしれません。彼女が閉じこめられて、外に旅立てなかった時に、代わりに時を旅する機会を得たのです。

同時に、石には彼女の作家活動と半ば神話的にシンクロする部分があります。自身の解釈によると、彼女は悪魔と契約を結び、書く能力を手に入れたのだそうです。契約では、妊娠できる能力を失う代わりに、自身の人生から物語を紡ぎ出すストーリーテラーとしての能力を手に入れました。庭の石に子宝に恵まれることを示すシンボルが刻まれているのには象徴的な意味があります。

戦争、占領、孤立、思慮のこの時代に、物語集『冬の物語』は生まれました。この十一の物語は、『七つのゴシック物語』とは異なり、ほぼ全篇、北欧が舞台になっています。中には、いとこ同士で同じ牧師館で育った『ペーターとローサ』についての心奪われる悲劇的な物語などもあります。ローサはペーターのことを愛していましたが、そのことを自覚していませんでした。ある日、ペーターから航海に出ると告げられたローサは恐怖に襲われました。世界への扉がぴしゃりと閉じられたように感じた彼女は、ペーターを裏切り彼の計画を老牧師に告げました。このことで彼女はユダのように、銀貨を受けとりました。ペーターは裏切られたことに気づかないまま、気が動転したローサと氷の上を歩き、冷たい波でともに命を落としたのです。『冬の物語』には、モーテン・ヘンリクセンによって映画化されたもう一つのブリクセンの代表作、『悲しみの畑』も含まれています。それはイギリスでの長期滞在後、現代的な啓蒙思想で頭をぱんぱんにさせ、祖国デンマークに戻ってきた若き貴族、アダムについての物語です。彼は伯父の屋敷を引き継ぎ、古代のデンマークの野蛮な慣習と向き合います。そこで伯父は、ある罪を息子が犯した罰として、奴隷の一人であるアンネ＝マリー（アーネマリ）という女性に、ライ麦畑全体を刈りとるよう強要します。アンネ＝マリーはその作業を遂行しましたが、後で畑で倒れ、亡くなってしまいます。アダムの現代的で理性的な議論は、デンマークの支配階級の思想により、次第に崩壊していきます。この物語が超人理想の批判として書かれたのかどうかは明確ではありません。なぜなら、地主への同情心を明らかに廃して描かれているわけではないからです。地主との議論の中で、アダムは北欧の神々を崇拝しますが、地主はそれら神々を強情で自己欺瞞《ぎまん》に満ちていると見なしています。北欧神話では、悪事は常に外部の「巨人」によるものとされています。一方で、地主は善と悪の両方を内包するギリシャの神々に魅了されています。

ブリクセンの物語の中で描かれるモラルは決して一元的ではありません。それなのに登場人物らは常に道徳的問いと葛藤しています。見知らぬ人と対峙《たいじ》した時の、あなたは誰ですか？浮気をした翌朝、愛する人に何と言いますか？　手に血まみれのナイフを握っていたら、あなたはどうしますか？　答えは単純ではありません――そしてブリクセンは単純な解決策を提示するのではなく、それらの謎について、深く洞察します。

『冬の物語』は孤独、愛、死、破壊、そして人生の道を探求することについての物語です。これは『冬の物語』の第一話である少年水夫のシモンについての物語に反映されています。『少年水夫の話』（邦訳は『冬物語』カーレン・ブリクセン著、渡辺洋美訳、筑摩書房、一九九五年収録『少年水夫の物語』／『冬の物語』イサク・ディネセン著、横山貞子訳、新潮社、二〇一五年収録『少年水夫の話』）はごく短い物語ですが、ブリクセンのすべての要素が内包されています。それは、帆船《シャルロッテ号》に乗った少年の話です。船がマルセイユからアテネに向かう途中、悪天候に見舞われ、嵐の中でマストの中に逃げこんだハヤブサがロープに引っかかってしまいます。そのハヤブサをかわいそうに思ったシモンは、マストによじ登って自由にさせてやります。ところがハヤブサは感謝する様子はなく、シモンの指を激しくつついて、血を流させました。甲板では大人の船乗りらが、彼を笑っていました。

やがて船はノルウェーの沿岸の《ボ（ー）デ》に到着し、そこでシモンは陸に上がります。広場で彼は食べるつもりでオレンジを買います。ところが彼はノラという名の若い少女に出会い、たちまち恋に落ちます。シモンはキスをしたがり、ノラは彼のオレンジを欲しがります。そこで二人は逢瀬《おうせ》の約束をします。しかしシモンは夜中に船の見張りをしなければならなくなり、デートに行けませんでした。幸いにも彼は何人かのロシアの船乗りに出会い、陸まで乗せてもらいます。万事うまくいくと思われたのですが、酔っ払っていたロシアの船乗りのうちの一人、イヴァンに暴行されそうになります。絶望の中、シモンはイヴァンをナイフで刺し殺してしまいます。

ここでシモンはできるだけ遠くへ逃げるべきでしたが、そうしませんでした。代わりにオレンジをあげたノラのところへ走っていきました。手からまだ血が流れる中、月明かりの下で禁じられたキスをしました。彼は追われていて、一人ぼっちで、恐怖していました。少女は彼の血まみれの手を真剣な目で見つめました。「それ、あなたの血？」と彼女は尋ねました。「いいや、彼のさ」とシモンが答えると、ノラは直感的にシモンが自分のところにたどり着くために何を犠牲にしなければならなかったかを理解しました。彼女は彼に腕を回し、細い体を彼の体に押しつけ、キスをし、彼を夜の中へと逃がしました。「私のことを忘れないで！」というのが、彼女が最後、彼に向け叫んだ言葉でした。

この後、シモンは人々が踊る酒場に隠れたりして逃亡を続けます。そこで彼は足下の床全体が海の上を漂っているように感じるという奇妙な体験をした時に、自分は大人になったのだと感じました。

「自分はここにいる。男を一人殺し、女の子にキスをした。そしてもうこれ以上、人生に求めるものはない。人生の方も、もはや自分に求めるものはないだろう。自分はシモン、周りの人たちと同じ一人の人間。そして誰もがいつか死ぬように、自分も死んでいくのだ」

これは前述の通り、カレン・ブリクセンの物語に一貫して見られる特徴です。彼女の物語の登場人物は、何らかの形で罪を犯すことで初めて完全な人間になれるのです。彼らは人生の光と影の両方を知らなくてはなりません。鳥を助けた慈愛に満ちたシモンは、殺人者にならなくてはならず、愛の二つの側面——甘美な面と残忍で猛々《たけだけ》しく暴力的な面をも体験しなくては、愛が何であるかを完全に理解することはできませんでした。愛は時に危険で破壊的である一方で、美しく生きる力を与えてくれることもあります。ストーリーテラーは彼の行いに審判を下すことなく、その行動がどこに導かれるかをただ見守るのです。

逃避の最後にシモンはスンニヴァという名のラップ人の女性が住む小さな家にたどり着きます。彼女は少年水夫を追っ手からかくまいましたが、実は彼女自身が魔女であることが明らかになります。物語の冒頭で少年水夫が助けたハヤブサは、実は彼女だったのです。「じゃあ、あなたは恋人とのデートに遅れるくらいなら、男を殺そうと思うような男の子なのかい?」とスンニヴァは言いました。「この世界の女たちで団結するとしようか。私はあんたの額に印をつけよう。そうすれば、女の子たちから好かれるだろう」

スンニヴァという人物は、『少年水夫の話』の枠組みを作っています。ですが、このミステリアスなスンニヴァとは何者なのでしょう? 歴史に出てくるスンニヴァはノルウェーの聖人で、十一世紀中頃のアイルランドの王の娘でした。スンニヴァは並々ならぬ美しさと聡明さを兼ね備えていましたが、キリストの花嫁になるために結婚することを選びませんでした。彼女の父である王が亡くなると、彼女が一人で統治し、ある異教の王に結婚を迫られると、アイルランドから逃げ出しました。嵐の後、スンニヴァと彼女の従者は、ノルウェーのベルゲン北湾にあるサイレ島の洞窟に避難しました。ノルウェー王ホーコン・ヤールは、彼らを敵対的なヴァイキングだと思い、雪崩を起こして洞窟を塞ぎ、彼らを生き埋めにしようとしました。神話によると、何年もたった後、その二人の大地主が「空から降り注ぎ、海岸の一箇所に集まり、そこからの光が海に反射する」奇妙な光を島に見ました。大地主たちはサイレに上陸し、海岸で頭蓋骨を見つけました。しかし彼らは異教徒だったため、何も分からず、ノルウェーの新しい王、オーラヴ・トリグヴァソンの元へと向かいました。クリスチャンであるトリグヴァソンは、これは聖遺物の話なのだと理解しました。彼は洞窟を開けさせ、骨をたくさん見つけました。ところがスンニヴァの遺体は時がたっていたにもかかわらず無傷で、姿勢もそのままでした。一一七〇年に彼女の棺《ひつぎ》はベルゲンの大聖堂に移されました。

『少年水夫の話』に出てくるラップ人の女性は、異教徒のようですが、聖人の名前を持っています。《スンニヴァ》という名前はその証でしょうが、ブリクセンが言わんとしていたのは、異教の信仰と聖人の光輪が同じ事柄の二面性を持つということではないでしょうか。『ノルデルナイの大洪水』に出てくる異端の枢機卿《すうききょう》のように。

『冬の物語』によって、ブリクセンは三度目の大きな成功を収めました。彼女は占領下のデンマークからスウェーデンのウーアスン海峡へ個人的に渡り、ストックホルムのイギリス領事館に英語の原稿を二本届けました。『冬の物語』はブリクセンの本のうち初めてデンマークで先に出版された作品です（『七つのゴシック物語』は先述の通りアメリカで、『アフリカの日々』はイギリスで先に出版されました）。スカンジナビア色が濃い作品なので、それは非常に妥当だったかもしれません。カレン・ブリクセンはこの作品を通して故郷を見つけ、自らのルーツと物語を見出しました。『冬の物語』はそれでもなお、国境を越えて最も広まった本になりました。この作品も、過去の作品と同じく、《今月の本》に選ばれ、三十万部という驚異的な部数が発行されました。さらに『冬の物語』と『七つのゴシック物語』の両方で、"Armed Services Editions"（兵隊文庫）というアメリカの軍隊向けの特別版が出されました。兵士の制服のポケットにぴったり入る大きさに作られたこれらの本は、ヨーロッパと太平洋地域で戦闘中の部隊に送られました。カレン・ブリクセンはデンマークのドイツからの解放後、『冬の物語』を熱心に読んだアメリカの兵士から感動的で創作意欲をかき立てられる手紙をたくさん受けとったと語っています。校正者の指摘の入った原稿を見たことも、契約書にサインをしたことともない作家にとって、身に余る名誉に思えたことでしょう。

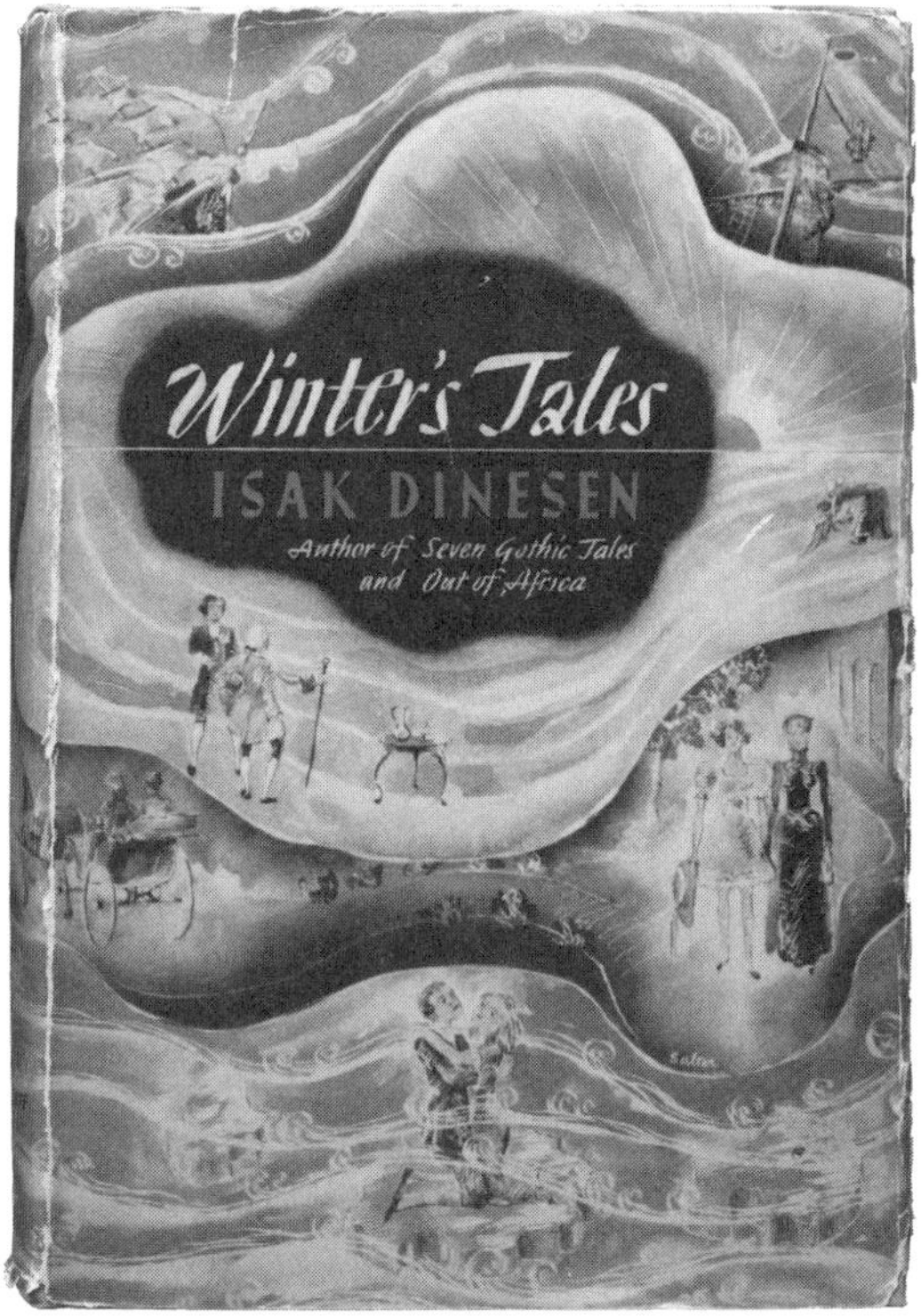

“*Winter's Tales*”（冬の物語）の表紙（英語版）

第九章　『復讐には天使の優しさを』を巡る盗作疑惑

“*Gengældelsens Veje*”（報いの道）の表紙（『復讐には天使の優しさを』デンマーク語版）

一九四四年六月六日に、およそ十五万六千人の連合軍の兵士がノルマンディーに上陸し、その後の二カ月半にわたって、世界史上最大の水陸両用作戦が実行されました。三百万人以上の兵士がイギリス海峡を渡りました。多くの兵士が『冬の物語』を胸ポケットに忍ばせていたのかもしれません。侵攻の日は《Dデイ》として知られ、戦争の大きな分岐点となりました。占領下のデンマークで人々は戦況を追うため、イギリスやスウェーデンのラジオ放送をひそかに聞いていました。

同じ年の秋、『報いの道』（邦訳は『復讐には天使のほほえみを』、アイザック・ディーネセン著、横山貞子訳、晶文社、一九八一年）という題名のホラー小説が出版されました。表紙には、かつて聞いたことのないフランスの作家ピエール・アンドレゼルによって書かれたと記されていました。

間もなく評論家たちは、その作家の正体がカレン・ブリクセンであることに気づきましたが、これは読者たちにとっては驚きでした。その理由は二つあります。第一に、カレン・ブリクセンは二年前のインタビューで、自分が将来、小説を書くことはないと断言していたからです。第二に、小説のスタイルが、カレン・ブリクセンの複雑で神話的な物語とはかけ離れていたからです。

ブリクセン自身はこの本にできる限り触れないようにしてきました。彼女が「隠し子」と呼んだその作品は、大半の文学研究者に無視されました。それは残念なことです。というのも、

『報いの道』はよく書けた小説で、カレン・ブリクセンの作家人生において様々な意味で記念碑的な作品と言えるからです。この作品は彼女の作家としての驚くべき幅の広さを示しています――『七つのゴシック物語』の複雑な芸術的散文から、『アフリカの日々』に見られる繊細な人間描写、『冬の物語』の孤独で氷のような透明感、そして今回の広く訴求する小説ジャンルまで。ここまで幅広く手がけられるのは、とてもすごいことです。

小説の創作過程も同様に興味深いものです。一九四二年のインタビューで、カレン・ブリクセンが小説を書くことはないと答えた際、彼女は、自身の物語が古い口承文学の語りの伝統からインスピレーションを得ているという言い分でした。一方、小説は文字の芸術だと言うのです。

ですが信じられないのは、彼女が『報いの道』で実際に口承小説を創作できたことです。彼女は知り合いのある速記者をロングステズロンに招待し、即興ですべての文章を語り、それを書きとらせました。そのため、『報いの道』は非常に珍しいことに「語られた」小説なのです！

一方、この本の生み出された背景には暗い側面もあり、それはブリクセンをモチーフにした二次創作的な文学作品の中ではほとんど触れられておらず、彼女の作家活動に暗い影を落としています。私たちは『報いの道』についての全貌をまだ知らないのです。

小説の舞台はブリクセンの他の物語と同じ十九世紀です。若い少女、ルーカン・ベレンデンは、父の死後、年配のアームワージー氏の家にやって来ました。アームワージー氏は男やもめで、ルーカンは彼の盲目の息子と親しい関係にありました。彼女はその少年のことを深く愛していましたが、屋敷の主人が彼女に対し暖かな感情を抱きはじめていることに気づきます。彼女の心の中で沈黙の戦いがはじまります。彼女は年の離れた男性と結婚することで、自分と弟たちの未来を経済的に保証するべきなのでしょうか？ それとも愛のない結婚は冒瀆《ぼうとく》なのでしょうか？

ですがルーカンはこのようなジレンマに立たされることは決してありませんでした。アームワージー氏に別の計画があることが判明したのです。彼は彼女と結婚するつもりは全くなく、それどころか、彼女を町から少し離れた家に愛人として閉じこめておこうと考えていたのです。この提案におののいたルーカンは、夜中に逃亡します。幸いにも、彼女は学生時代の裕福な友人、ゾジーヌを思い出し、自分たちの若い頃の約束がまだ有効であることに賭けました。彼女はゾジーヌの屋敷、トルトゥーガを訪ね、ゾジーヌの奇妙な世界について知らされます。ゾジーヌの父、タバナー氏は西インドでの事業でばく大な財産を築き、ルーカンはその恵まれた環境と、タバナー氏のかつての乳母で、周囲に畏敬の念を抱かせるオリンピアという名の大女との出会いに圧倒されます。

ですがルーカンがゾジーヌとの再会に選んだ日は間が悪いことに、経済的に困窮したタバナー氏が、秘密裏に晩の舞踏会中に国外逃亡を目論んでいたのと同じ日でした。ルーカンはこの陰謀に知らず知らずのうちに巻きこまれ、翌朝、ほとんど同じ状況に置かれていることに戸惑いながらも気づきます。しかし今回は、ゾジーヌという運命共同体がいました。二人の少女はともに両親を失い、無一文でロンドンの小さな事務所を訪ねて仕事を探します。そこで悪魔的な牧師、ペンハロウ牧師と出会うことになります。

表向きは信心深く世俗を避けていたその牧師とともに、二人の少女はフランスへ行くことに同意しました。牧師はフランスにあるかつて宿屋として使われていた古い農場に住んでいました。しかし、実際にはペンハロウ牧師は悪魔と手を組み、悪意から白人による奴隷貿易を行っていたのです。これまでに彼とその妻が家に迎え入れた多くの少女たちが皆、こつ然と姿を消していました。ここから『報いの道』はゴシック・ホラーの様相を深めていきます。政府はペンハロウ牧師の足どりを追っており、そのことが彼がルーカンとゾジーヌを連れて行くことを決めた理由となっていました。彼と彼の妻は『ヘンゼルとグレーテル』の魔女のように、二人の少女のためにあらゆることをしました。彼らは少女たちに最も信心深いという印象を与えようと努め、彼女たちに聖書を朗読させ、ラテン語とギリシャ語を教え、道徳の狭い道から外れないようにしました。しかし、二人の少女はこの古い農場の何かが全くおかしいと感じとり、ある日、引き出しの陰に隠された手紙を発見します。その手紙はペンハロウ牧師の共謀者からのもので、牧師の真の姿を明かし、彼の最近の悪行を告げるものでした。奴隷貿易の共犯者であるペドロ・スミスが、若くて制御不能な少女ローザを殺していたのです。農場は閉ざされた監獄へと変わり、二人の少女の前に暗雲が立ちこめました。

　最後の瞬間、オリンピアが助けに来ました。彼女の亡くなった子どもの魂が、暗闇の中でルーカンとゾジーヌが身を隠している家への道を示したのです。オリンピアは古いリボルバーと白く燃えるような怒りを携えていましたが、それでもペンハロウ牧師を止めたのは彼女ではありませんでした。悪魔崇拝者をひざまずかせたのは、むしろルーカンでした。ペンハロウが唯一耐えられなかったのは、聖女の慈悲でした。ルーカンが彼の命を救うことを選んだ際、彼は首にロープを巻きつけ、踏み台から身を投げ、口から泡を吹きました。


『『何だっていうんだ！』』と彼は叫びました。『何だっていうんだ！　若い少女が私に許しを請うている！　処女が私に慈悲を求めて叫んでいる！　私のために祈っているのは、ローザだ！　そんなことはあってはならない！　決して起こってはならないことだ！　彼女の口を止めろ。彼女を座らせ、黙らせろ！　彼女を外に追い出せ！　出ていけ！　いなくなれ！』

『ああ。恵みがありますように！』とルーカンは叫ぶと、ひざまずきました。

　ペンハロウ牧師は苦しみで狂ったように手を上げ、骨張った太い人差し指を彼女に向けて揺らしました。顔をゆがませ、口をあんぐりと大きく開け、目をむきました。話をしようとしましたが、唇は硬くなり、泡がそこからしたたり落ちました。迫りくる炎から逃げるかのように、動きを追えないほど速く、首に巻いたロープの結び目をきつく締め、踏み台の端から足を外しました。

弱い、恐怖に満ちた音と、生々しい生気のないもだえ声が老人の喉元から漏れ聞こえてきました。一瞬、足を空中でばたつかせると、やがて何もない空間で体がぐるぐると回りはじめました」

『報いの道』は大きな大衆的成功を収めました。奴隷貿易商のペンハロウ牧師はヒトラーの象徴であり、二人の少女はデンマークの象徴であるとし、ブリクセンがひそかにこの小説の手がかりとして、ドイツの占領を描いたのではないかとする人が複数いました。この対比を強調するため、ブリクセンは後の版で文章を修正し、ルーカンとゾジーヌを、「ヒトラーの小さなカナリア」と呼ばれた占領下のデンマークのように、「二羽のカナリア」と呼びました。彼女が用いたペンネーム“Pierre Andrézel”（ピエール・アンドレゼル）はアナグラムだったのかもしれません。名前に含まれる十四の文字を並び替えると、フランス語でナチスという意味の“le nazi”や、「新たに失う」という意味の“reperdre”といった語を作れます。ブリクセンはそういう言葉遊びを好み、例えば、当時の作家、“Martin A. Hansen”（マーチン・A・ハンセン）の名前を、デンマーク語で「彼は私の悪魔だ」という意味の“Han er min satan”に書き換えたこともありました。

戦後、『報いの道』がアメリカで“*The Angelic Avengers*”（天使の復讐者たち）という題名で出版されると、再び《今月の本》に選ばれました。ところがカレン・ブリクセンはこれに反意を示しました。彼女は『報いの道』を自身の他の作品と同価値とは思っておらず、それらと結びつけてほしくないと思っていました。まさにその理由から、彼女はこの作品をイサク・ディネセンとは別のペンネームで出版することにしたのです。カレン・ブリクセンは『報いの道』で自分のことを知ってほしくないと願い、「おふざけで」書いたとしました。

ブリクセンが冗談で何かを煙に巻く時は注意が必要です。それはしばしば、彼女が言いたくない何かより深刻な事柄が隠されていることを意味します。そしてカレン・ブリクセンが『報いの道』の表に立ちたがらなかったのには、別の理由があるのかもしれません。その理由とは、この物語のアイデアが実際にはブリクセンのものではなかったからかもしれないことです！

実は『報いの道』とダフネ・デュ・モーリアの『ジャマイカの宿』（邦訳は『デュ・モーリア作品集　第3（埋もれた青春）』デュ・モーリア著、大久保康雄訳、三笠書房、一九六六年／『原野（ムーア）の館』ダフネ・デュ・モーリア著、務台夏子訳、東京創元社、二〇二一年）という、一九三六年に発表されたイギリスのベストセラー小説との間には非常に興味深い類似点が見られます。この小説は一九三九年にアルフレッド・ヒッチコックによって『巌窟の野獣』という題名で映画化されています。

『ジャマイカの宿』には、メアリー・イエランという少女が登場します。彼女は母親の死後、叔母と叔父の家に引っ越し、その家は《ジャマイカの宿》という名前の宿屋でした。メアリーの叔父は残酷で酒に溺れた男であり、その宿は常に客が来ない不気味な場所でした。メアリーは叔父が海岸沿いで船を沈め、その積み荷を盗む犯罪グループと結託していることを知り、また彼が殺人を計画していることを耳にします。

その若い少女は地元の牧師、フランシス・デーヴェイに助けを求めます。しかし、実は牧師こそが犯罪集団のリーダーであることが判明します！　彼はキリスト教の信仰を捨て、暗い異教的な儀式に身を委ねているのです。メアリーが牧師の本性に気づくきっかけとなったのは、ルーカンやゾジーヌと同様に、牧師の机の引き出しから見つけた一枚の紙でした。それは牧師が自分と教会の人々を描いた絵で、教会の人々は羊の顔を、牧師自身はオオカミの顔をしていました。

ブリクセンが『ジャマイカの宿』を知っていたことは間違いありません。ロングステズロンの彼女の書斎には、その本の英語版があり、最後の四ページは解読不能のメモや数字で上書きされています。さらに、『報いの道』には、ブリクセンが直接参照したのではないかと思われる部分があります。ルーカンとゾジーヌがあいもかわらず平然を装う中、牧師ペンハロウは絵を描いていたのです（この一致に気づかせてくれたマリア・ルッターに感謝します）。

この絵に何が描かれているのか、そしてそれが何の意味を持つのか、ブリクセンは明示してはいませんが、暗示はしています。別の場所では、牧師が「奇妙な顔と手足」を持つ人々の絵を描いたという記述があり、ある夜、牧師が描いた見知らぬ絵が彼の妻の不気味な笑いを誘ったことが記されています。ブリクセンは読者の背後に立ち「こっちを見て！」と言わんばかりに、何かを示唆しようとしているように思えます。もしかしたらペンハロウ牧師をオオカミとして、ゾジーヌとルーカンを子羊として描いたのかもしれません。ブリクセンはこの絵を通じて、自身の小説に『ジャマイカの宿』へのメタ的なオマージュを仕込んだのかもしれませんが、確証はありません。小説の中では、少女たちは絵を見つけることはありませんし、絵が具体的に何を描いているのかも明らかにされません。ブリクセンは自分の足跡を謎の中に隠していますす。

『報いの道』と『ジャマイカの宿』には類似点がある一方で、大きな相違点も存在します。まず最も大きな違いは、執筆スタイルです。ブリクセンの小説では、大きな物語の中に様々な小さな物語がちりばめられています。物語の登場人物は皆、物語を語る場面でステージに立ち、自分自身の人生を物語ろうとします。これはブリクセンの作品に特有のレトリックであり、物語の登場人物は皆、少なくとも一つの物語を持っています。それは彼ら自身の運命についての物語です。挿話は物語を前進させる要素であり、『報いの道』では特にオリンピアの衝撃的な物語や、牧師ペンハロウの悪魔的な告白、そして貴族の老婦人マダム・デ・ヴァルフォンドの原罪の物語が、物語中の物語として輝いています。これに相当するものはダフネ・デュ・モーリアの小説には見られません。

一方で、『ジャマイカの宿』はテンポの速いアクション満載の古典的なサスペンス小説です。

最も印象的なシーンは、若いメアリー・イェランが暗闇の中で迷子になったり、叔父の血なまぐさい略奪に巻きこまれたりする場面です。ブリクセンがダフネ・デュ・モーリアから借りたのは、物語の形式ではなく、物語の骨子、行動の中心部です。ここにはいくつかの類似点が見られます。例えば、『ジャマイカの宿』の最初の場面は、暗いイギリスの田舎道を走る馬車の中を舞台にしています。同様の場面が『報いの道』にも見られます。『ジャマイカの宿』の中心的場面の一つは、メアリー・イェランが政府に対して犯罪者の主人をかくまう決断をする場面です。一方で『報いの道』のクライマックスでは、ブリクセンは最も密度の濃い緊張感を生み出しました。『ジャマイカの宿』ではメアリーが馬泥棒のジェムに救われます。一方、『報いの道』ではオリンピアが牧師ペンハロウを撃とうとしますが、銃弾は当たらず、ルーカンが登場して悪魔主義者を自殺に追いこむ場面が描かれています。ルーカンとゾジーヌは、メアリー・イェランよりもはるかに強いキャラクターとして描かれ、自立的に行動します。

これら二つの物語には類似点と相違点がありますが、『報いの道』は『ジャマイカの宿』を参考にして描かれたように思えます。この奇妙な関係性から、新たな疑問が湧いてきます。なぜブリクセンは『ジャマイカの宿』から拝借したかです。その理由は、彼女の作家性が他の点で一貫して卓越したオリジナリティを持っているためでしょうか？　それとも彼女は『ジャマイカの宿』を読んで「私ならもっとよくできる」と感じたのでしょうか？　または彼女は一般的な執筆の困難や作家としてのスランプに直面したのでしょうか？ それともさらに深刻なのでしょうか？

この時期のブリクセンの手紙に、この問題についてのいくつかの手がかりを見出せます。特に一通の手紙は――作家ポール・ラ・クール（一九〇二－一九五六年。デンマークの詩人。初期は絵画的な詩風の作品を描いた。その後内省的哲学的作風へと変化した。第二次大戦後は、芸術派の象徴的な存在となった。代表作に『生きた水』等がある）への手紙は興味深く、一読に値します。残念ながらその手紙は残されていませんが、一九四四年一月十三日のポール・ラ・クールの返信は残されています。この内容から、『報いの道』がカレン・ブリクセンが他の出典から「拝借した」最初の物語ではないことが分かります。ポール・ラ・クールは『観客』に『悲しみの畑』と題する物語を寄せていました。カレン・ブリクセンはポール・ラ・クールに自分が『冬の物語』の中で彼の物語を利用したことを不快に思っていないか尋ねました。ポール・ラ・クールの答えはこんなものでした。

「『私は理解できます』、あなたがかつて私に連絡をとり、私が雑誌『観客』で非常に未熟ながらも書いた『悲しみの畑』という物語を、あなたが使ったことを不快に思わないかどうか尋ねたことを。私は常々、その時に私が何か強力で精巧なものをごまかしていたのではないかという感覚を抱いてきました。そのため、その物語があなたの手により大きくなり、そこに新たな視野や深みが加えられ、独自の世界が創り上げられる過程を見ることが、私にとってどれほど奇妙で魅力的な体験であったかを理解していただけるかもしれません。私はあなたに——他の読者以上に——この短編小説を書いてくれたことを感謝しています。あなたの物語の書き方は、私を不快にさせるどころか、むしろ大きな喜びを与えてくれました。あなたはその数行を、特異で極めて意義深い芸術作品に変えたのです」

そして、ブリクセンが拝借したのは、物語『悲しみの畑』だけではありませんでした。彼女は『冬の物語』中のすべての物語において、文学的モデルを複数持っていました。前述のように、ブリクセンの手法は、モデルや神話、伝説、または古典を広げたり、「ひっくり返し」たりすることでした。では、これと『ジャマイカの宿』から借用することとの違いは何でしょうか？　私たちはブリクセンが何を考え、何を感じたのか推測するしかありません。なぜなら彼女はダフネ・デュ・モーリアに同様の手紙を書いたことがなかったからです。もしかすると、古い伝説を再編集し新しい作品を作ったり、『デカメロン』のような古典からインスピレーションを得たりすることと、現代のスリラー小説からプロットを借りたりすることに違いを感じたのでしょうか？　この種の知的な借用は古代ギリシャ人によってすでに行われてきており、むしろ価値のあることと見なされる傾向があります。その一方で、最近のベストセラーを模倣することは、決して「強力で繊細なもの」ではないと言えます。

ブリクセンは女友だちソフィ・バーンストーフ・ギュルデンスティーンへの手紙の中で、ピエール・アンドレゼルであることを否定していますが、彼女はその本が許容範囲を超えていることを認め、作品を「例外」と呼びました。

「『報いの道』についてですが、私はそれを書いていません。しかし、もしそれを書いていたとしたら、私は全く責任をとらなかったでしょう。その未知の作家が本を書いた理由は、恐らく本そのものにあります。彼の登場人物の一人が八十二ページで言った言葉が、その説明になるでしょう。『真面目な人たちは、自分が監禁されている間に人々が楽しむ方法を厳しく批判するべきではありません。牢獄《ろうごく》のように閉じこめられている時、それがどういう意味で楽しめるかも分からず、さらには牢屋に入っていると言うことさえ許されないからです』。恐らく彼は……特別な状態で、自分の仕事をいわゆる例外的なものにしていたのでしょう。恐らく彼はお金を稼ぎたかったのでしょうが、それは本を書くためにはあまり高尚な動機ではありません……彼は自分の本が、作家の許容範囲ぎりぎりであると認めたのです」

ピエール・アンドレゼルという謎の作家に関する議論は、メディアで大きくとり上げられましたが、それは主にそのペンネーム《ピエール・アンドレゼル》の主がカレン・ブリクセンかどうか、そしてその本が彼女の他の作品と比べて「低俗過ぎる」かどうかでした。

誰もダフネ・デュ・モーリアからの借用について言及していないようですが、それ自体が奇妙なことです。『ジャマイカの宿』は当時非常に人気がありましたから。ブリクセンが「許容範囲」について語った時、そのことを指して言っていたのではないでしょうか？

ダフネ・デュ・モーリア自身が盗作の疑いをかけられたことで、問題はさらに複雑化していきました。彼女の小説 *"Rebecca"*（レベッカ）（一九三八年）がブラジルで出版された際、批評家や読者の間で、この作品とブラジルのベストセラー作家カロリーナ・ナブーコの *"A Sucessora"*（後継者）（一九三四年）との類似性が指摘されました。ナブーコ自身が作品を翻訳し、ダフネ・デュ・モーリアと同じアメリカとフランスの出版社に訳文を送っていたため、デュ・モーリアが訳文を入手していた可能性について議論されました。ニューヨーク・タイムス・ブックレビューは両作品に多くの類似点を見出し、文学界で大きな論争が巻き起こりました。

『報いの道』は、ダフネ・デュ・モーリアに対するブリクセンの「復讐」だったのでしょうか？　なるほど、面白い考えです。コピー作家自身がコピーされたのでしょうか？　その場合、ブリクセンは後で耳を赤くしたことでしょう。なぜなら一九四七年にダフネ・デュ・モーリアは、彼女が『レベッカ』を書いた当時の日記を証拠に、盗作訴訟で無罪判決を勝ちとったからです。

『報いの道』はブリクセンにとってのトラウマとなったのでしょうか。決して消えない痛みに。

第九章　『復讐には天使の優しさを』を巡る盗作疑惑

その時期の手紙だけでなく、彼女の人生の晩年に書かれた『草原に落ちる影』という作品から
も、この問題のさらなる手がかりを見出せるかもしれません。ブリクセンはここで戦時下の自
身の経験を振り返ります。占領がまるで稲妻のように彼女をアフリカから、またあらゆる人間
関係から完全に引き離したと述べています。「今、滅多に振り返ることのないその後の二、三
年間は、完全な虚無以外の何でもなかった」と彼女は書きました。行間には深く人的で存在的
な空虚さも漂っています。ブリクセンは一九四三年十月に関わったユダヤ人の逃亡を描写しつ
つ、心の中で精神的な檻から小説の中へ逃避していたと述べています。「本の最初の白いペー
ジを見つめながら、このページやその後に何を書くべきか全く思いつきませんでした」と彼女
は記しています。「その本は日の目を見ましたが、他の非嫡出児たちと同様に、その起源ゆえ
歓迎されないまま、偶然選ばれた名前の下で洗礼を受けました。それがピエール・アンドレゼ
ル『報いの道』でした」。ブリクセンが人生の終わりに回顧したのが、『七つのゴシック物語』
や『アフリカの日々』ではなく、『報いの道』であったことは考えさせられます。もしも
"Daphne du Maurier in mente"（心の中のダフネ・デュ・モーリア）というブリクセ
ンが「拝借」したとすれば、存在の空虚さやタイプライターの白紙は一層の意味を持つことに
なるでしょう。

　ブリクセンがこれまでに書いた三冊の本は、どれも命がけで書かれたものでした。『七つの
ゴシック物語』は、彼女が貧しく、孤立し、人生の方向性を見失っていた時期に書かれました。

『アフリカの日々』は、アフリカへの深い悲しみと渇望の中で書かれました。『冬の物語』は、デンマークに閉じこめられた絶望の中で書かれました。生き残るために書くことと、生きるために書くことは同じではありません。イサク・ディネセンはその頃には「喉元に突きつけられたナイフ」を持っていなかったのでしょうか？　『報いの道』は、ブリクセンの作家としての「堕落」だったのでしょうか？　『報いの道』と結びついた危機は、彼女にとってあまりにも深刻で、言葉にすることもできなかったのでしょうか？　カレン・ブリクセンは、魂を売り渡したかのように感じていたのでしょうか？

ブリクセンが自身の本の中で何度も示唆した通り、『報いの道』の謎に対する答えは存在しているのかもしれません。小説の冒頭で、ルーカンは真の愛と卑しい金銭欲とのジレンマに揺れ、岐路に立たされます――自身の兄弟の経済的な未来のために彼女は愛を裏切らなくてはなりませんでした。これはブリクセン自身のジレンマを反映している可能性があるのでしょうか？

私たちには分かりません。『報いの道』は解明不能です。しかし、この本はブリクセンの人生と作家活動における重要な岐路となりました――それ以前に三冊の本が出版され、その後さらに三作品が出版されましたが、それは彼女の人生が終わりにさしかかってからでした。イサク・ディネセンが再び本を書いたのが、『報いの道』から十三年後であったことには、考えさせられます。

作家が他の作家から物語を「拝借」したとすれば、当然、大いに非難されるべきです。しかし、この発見は、カレン・ブリクセンの作家性全体の評価を揺るがすものではありません。彼女の作家性を評価する際、『報いの道』はほとんど考慮されません。この作品は一般的に質が低いと見なされ、言及されることは稀《まれ》です。言及されるのは常に、彼女がイサク・ディネセンの名前で書いた物語ばかりです。しかし、カレン・ブリクセン個人にとって、『報いの道』は非常に問題の多い作品であったことを示すものがあります。彼女はその後の数年間で、「内なる羅針盤」を——方向感覚を失い、当時の若い作家たちとの奇妙な同盟関係に陥りました。これらの同盟は、悪魔的なものと執着の混じり合ったもので、関与したすべての人々に悲劇的な結果をもたらしました。

数年後、まねられる経験をすることになるのはブリクセン自身でした。一九五三年、アレクシス・ハレングという神秘的な作家により『コレラの年のある晩』という小説が出版されました。カレン・ブリクセンがかたくなに否定していたにもかかわらず、ペンネームの陰に隠れているのはカレン・ブリクセンだと多くの人々が思っていました。かつて『報いの道』を書いたことも否定していた彼女を今になってどうして信じられるでしょう？　ですがこの本はロングステズロンをよく訪れていた若い男性、ケルヴィン・リンデマンによって書かれたことが判明しました。カレン・ブリクセンは、この冗談ともとれる噂《うわさ》に驚くほど激しく反応しました。彼女は噂《うわさ》のせいで全く働けなくなったと主張し、リンデマンの出版社を相手どり、長く希望のない裁判を起こしましたが、決して勝つことはありませんでした。かつての出版社によると、彼女はその経験を決して乗り越えることはありませんでした。リンデマン事件への彼女の強い反応は、『報いの道』で彼女自身が経験したトラウマと関係があるのでしょうか？

『報いの道』はブリクセンが後悔したことに、それでもなお、アメリカで《今月の本》に選ばれ、九万部以上売れました。ですが恐らくこの成功は空虚に感じられたのでしょう。同時に彼女の過去のアフリカでの生活はますます遠のいていき、ロングステズロンの現実が次第に彼女の新しい生活となっていきました。彼女の青春時代を最後に彩った野性的で冒険的な男性、ブロール・ブリクセンは、スウェーデンの山道で交通事故に遭い亡くなりました。こうして『アフリカの日々』の最終章が幕を閉じたのです。

第十章　若き芸術家たちを翻弄したブリクセンにとっての原罪と堕落

カレン・ブリクセンは六十歳手前でデンマークに根を張るようになりました。古くてしわしわの木も、まだ種をつけられるものです。

そのような「種」をカレン・ブリクセンはクラーラ・スヴェンセンという名の若い女の子の心に蒔《ま》きました。面白いことに全く翻訳されることのなかった本の「翻訳者」として彼女の名前が『報いの道』の奥付に記されています。そして、ルーカンはゾジーヌの肖像の中で、クラーラ・スヴェンセンを見つけられるかもしれません。

クラーラは探求心のある人でした。子どもの時に宗教的な啓示を受け、それに縛られていました。彼女は神学と宗教史を学び、カトリックに改宗しました。『報いの道』の中では、若い女性と年配の女性の関係と同様に、カトリックも重要な役割を果たしています。例えば、ゾジーヌの叔母は彼女にこんな手紙を書きました。「私は自分が年老いた少女だということを忘れていました。私は十八歳の少女のように考え、話し、書きました。私の運命は私に何をもたらすのでしょう？　五十歳の人間に、運命も何もないのに！」

クラーラ・スヴェンセンは一九四二年にカトリックのバザーでカレン・ブリクセンに出会いました。男爵夫人はクラーラに強烈な印象を与え、彼女はカレン・ブリクセンを訪ねてロングステズロンに赴きました。後に彼女は、カレン・ブリクセンとの出会いについて、「真の信仰」についての彼女の解釈を変えた「秘密の殉教者」と巡り会ったように感じたと書いています。

一九四四年にクラーラ・スヴェンセンは家事手伝いとしてロングステズロンに移り住み、後に秘書になりました。ブリクセンはクラーラ・スヴェンセンをソウルメイトと思うようになりました。その後の二十年間、彼女らは切っても切り離せない関係となりました。クラーラ・スヴェンセンは、ロングステズロンのカレン・ブリクセンの周りに集まった最初の信奉者の一人であり、よくも悪くも、現代デンマーク文化史において彼女を神秘的な人物に変えることに一役買いました。

「ムハンマドが山に来られないのなら、山がムハンマドの方に行かなければらない」と言われるように、ブリクセンが外に出ても世界に出会えないのなら、世界がロングステズロンの彼女のもとにやって来たでしょう。戦争中からその後の期間、カレン・ブリクセンは次第に有名になり、大量の年代物のシャンパンやブリクセン家のキッチンで作られた上品な料理を楽しみながら、芸術から宗教、政治までありとあらゆることを議論するロングステズロンでの会合で評判となりました。カレン・ブリクセンは例えば、箱の中や屋根裏で見つけてきた古いピエロの衣装に身を包んで現れ、実弾入りのリボルバーを持ってきたり、ゲストの男女をくっつけたりしました。星の輝く晩に、芸術家、神学者、ジャズミュージシャン、科学者、詩人、冒険家、貴婦人たちが特別な体験を求め、ロングステズロンに集いました。

カレン・ブリクセンはまた、より大きな召し使いたちの一団を編成しました。年老いた御者で運転手のアルフレッド・ペーターセン（彼はヴィルヘルム・ディネセンが命を絶った年にその職に就き、一九六〇年に亡くなる前にロングステズロンで六十五周年を祝いました）以外に、ニールセン氏という庭師と、ミセス・アナセンという女中がいました。一九四九年にカロリーネ・カールセンが息子のニルスを連れて家政婦としてやって来ました。カレン・ブリクセンは非常に活発に召し使いたちの生活に関わり、召し使いたちも彼女の生活に関わりました。彼女が後にしたあるラジオ講演のラストに、ニルスがリコーダーでメロディを奏でました。つまり、家には非常にオープンな関係があり、召し使いたちは家族の一部でした。時に給料が支払われないこともありましたが！

召し使いの他に、建築学校の教授で、ロングステズロンの改装を手がけ、彼女の本の表紙画をいくつか描いた隣人のステーン・アイラー・ラスムッセンや、他多くの家族ぐるみで付き合いをしていた友人たちがロングステズロンを頻繁に訪れました。私たちが今日では忘れられてしまっていそうなブリクセンの様々な側面、特にフラワーデザイナーとしての彼女を知れるのは、ステーン・アイラー・ラスムッセンのおかげです。アフリカの農場でブリクセンは、ヨーロッパの花をアフリカの土壌で育てることに大きな誇りを持っていました。彼女が自身の園芸で成功すると、農場を訪れた人々はいつも新しい繊細な香りや美しい色に気づきました。デンマークに戻ってからも彼女は実験を続け、ロングステズロンの部屋を彩る実にすばらしい花束を作りました。ブリクセンの花束は他の誰のものとも違っていました。例えば、彼女は花と雑草を混ぜた花束を作ることもありました。彼女はまた、枯れた花と新鮮な花を混ぜたり、風で種が飛ばないように傘で集めたしおれたタンポポを使ったりしてブーケを作りました。フラワーデザインについての彼女の哲学は彼女の人生哲学と似ていました。それは「誰が雑草かそうでないものかを決めるのか？」というものでした。人生のあらゆる段階に美しさがあるように、自然のあらゆる側面に美しさがあります。彼女は通常の「十本の赤い薔薇《ばら》」とは違った材料を使うことで、他の誰も気づかなかった自然の側面にゲストの目を開かせ、それらを輝かせました。特別に美しい花束を作るたびに、彼女は男爵夫人の最新の創作物を写真に収めるためにステーン・アイラー・ラスムッセンに電話しました。その写真は今も残っており、今日ではカレン・ブリクセンの作った花束をまとめたカタログまであります。これらの写真をカレン・ブリクセン博物館のフラワーアーティストたちは、真似たり、その方法からインスピレーションを得たりして新たな花束を作り出すことで、今でも部屋に男爵夫人の時代の香りを漂わせています。

ロングステズロンの外の世界にも変化が見られました。文化界は一九三〇年代を特徴づける社会的リアリズムの傾向から転換し、存在論的な問題を扱った神話的で空想に富んだ新しい形式の物語へと向かっていきました。このような発展はブリクセンによく合っていると思われるかもしれませんが、実際には全く違っていました。この時代の偉大な人物であるマーチン・A・ハンセンは彼女にとって目の上のたんこぶのような存在でした。彼女は前述のように、彼の名前を"Han er min satan"（彼は私の悪魔だ）に書き換えたりしました。彼は彼女が個人的なつながりを持たなかった数少ない作家の一人でした。ここには強い嫉妬の要素が絡んでいました。マーチン・A・ハンセンは当時の人々から、彗星《すいせい》のごとく現れた新たな存在と見なされており、カレン・ブリクセンがひそかに自分自身がその地位を得るべきだと考えていた地位を築いていました。

この新しい時代の詩人たちは若きオーレ・ヴィーヴェルと、彼のパトロンである裕福なビジネスマン、クヌード・W・イェンセンの周りに集まっていました。イェンセンは一九五〇年代にルイジアナ美術館を設立し、出版社ギュルデンダールを買収し、オーレ・ヴィーヴェル、ヨクム・スミット、オットー・B・リンドハルトの三人組を執行役に任命しました。クヌード・W・イェンセンとオーレ・ヴィーヴェルはどちらも戦争中、ドイツからインスピレーションを得た芸術集団《リング》のメンバーであり、一九四八年に雑誌『ヘレチカ』を創刊しました（『ヘレチカ』はギリシャ語で「異端」を意味します）。この雑誌は戦後の文学に絶大な影響力を持っており、特に詩の世界で名を成したい人は通らなくてはならない登竜門だったのです。

オーレ・ヴィーヴェルは、すでに１９４２年に『冬の物語』に感銘を受け、ロングステズロンにカレン・ブリクセンを訪ねてきました。ヴィーヴェルはブリクセンを絶賛し、彼女はその称賛に喜びました。これをきっかけに、ブリクセンと「異端者」たちとの間に友情が芽生えました。ヴィーヴェルはやがてブリクセンの前から徐々に姿を消し、彼女を「預言者」として崇拝する『ヘレチカ』界隈《かいわい》の崇拝者の一団に場を譲りました。しかし、ブリクセンは単なる助言や指導だけでは満足せず、感受性豊かな若き詩人との情事にも身を投じました。彼女がそれらの若者たちをどのように苦しめ、煩わせ、名前を与え、様々な要求をしたかについては、様々な悲話と笑い話が残されています。とりわけ30歳以上年下のトーキル・ビャーンヴィーとのプラトニックながら激情を伴う関係は、デンマーク文学史上最も奇妙な出来事の一つとして知られています。その「劇」は数幕にわたる悲劇へと発展しました。まるでブリクセンが現実をフィクションにし、実際の人々に役割を演じさせ、『真実の復讐』を再現しようと決心したかのようでした。ロングステズロンのガーデンテラスでビャーンヴィーと親密な会話をした際、彼女は若い頃に梅毒で入院していた時に悪魔と契約を結んだことを告白しました。その契約によって彼女は書く能力を手に入れたのだと。ビャーンヴィーも同様の契約を彼女と結びました。彼は彼女の「弟子」となり、若い妻と幼い子どもから離れて、自身の詩人としての潜在能力を発揮するために、一定期間ロングステズロンに住み、執筆を続けました。ここから事態が進展していきました。『アフリカの日々』では魔術をあまり信じていなかったブリクセンですが、この時は『真実の復讐』の魔女役を演じることを選び、ビャーンヴィーとテレパシーで結ばれていると主張しました。彼女がロングステズロンのテーブルを手で叩いた時、ビャーンヴィーはパリで脳震盪を起こして倒れたのだと。

この劇の「筋書き」は、ブリクセンがビャーンヴィーに妻を裏切るように仕向けるというものでした――浮気相手はブリクセン自身ではなく、「町のどこかの蛇使い」でした。この「堕落」が若い詩人に貴重な人生経験をもたらすことが目的であったのは明らかでした。しかし、ブリクセンは現実の世界の人間の人生を操ることのリスクを重々理解していたはずです。現実は常に予期しない結果を伴うものだからです。ビャーンヴィーはパトロンであるクヌード・W・イェンセンの感受性豊かな妻、ベネディクテと恋に落ちます。これはブリクセンの思い描いていた筋書きとは異なっていたため、彼女を激怒させました。すぐに意見を翻し、ビャーンヴィーに妻のもとに戻るよう求めたのです。

ブリクセンの家族や友人は首を横に振って見つめていました。前述の通り、非常に信心深いカトリックであるクラーラ・スヴェンセンは、悪魔の話を全く好まず、年老いた御者のアルフレッドにとってもそれは受け入れがたいことでした。ある日、彼はビャーンヴィーが木に自分自身とブリクセンのイニシャルを刻んでいるのを見つけて、激怒しました。しかもブリクセンがビャーンヴィーにそうするように求めていたのです。芸術家の魂を作るための戦略？　それとも年老いた女性の気まぐれ？　ロングステズロンでの奇妙なマリオネット劇は、すべての関係者にとって大きな悲劇へと発展しました。ベネディクテ・イェンセンは夫と離婚し、トーキル・ビャーンヴィーの妻グレーテは自殺を図りました。この出来事の後、ビャーンヴィーはブリクセンとの連絡を絶ち、結婚生活に戻りました。

ブリクセンとビャーンヴィーの関係が終わりに近づくと、皆が安堵《あんど》しました。しかし、安堵《あんど》するのは早過ぎたのです。ブリクセンは同じ試みをもう一度繰り返そうと決意していました。今回の犠牲者は、新婚で新米の父親である大学の修士学生、オーウ・ヘンリクセンでした。オーウ・ヘンリクセンは『ヘレチカ』界隈《かいわい》の隅にいて、ブリクセンは自分の物語を分析した『カレン・ブリクセンとマリオネットたち』というラジオ講義を聞いて彼に注目しました。男爵夫人はこの若き学者をロングステズロンに招待し、ここで劇の幕が再び上がりました。ガーデンテラスで彼女は、どのように悪魔と契約を結んだかを彼に話し、オーウ・ヘンリクセンは完全に彼女に魅了されました。「私はこの時期、突然、見知らぬ強力な意識にとりつかれる体験をしました」と、何十年も後に九十歳になったヘンリクセンが映画監督である息子モーテン・ヘンリクセンからのインタビューで語りました。しかし、ブリクセンはオーウ・ヘンリクセンの心の不安定さを考慮していませんでした。彼女は彼を不倫に追いこもうとして、十四日間のイタリア滞在をオーウと『ヘレチカ』のメンバーの一人の妻に提供しました。しかし、その代償にヘンリクセンの中で何かが「解き放たれた」かのようになりました。それまで極めて品行方正であったこの学者は、あらゆる種類の神秘を実験しはじめ、自身がクンダリーニ（ヨガで人間を解脱に至らせる体内に眠るエネルギーのこと）というより高次の存在と接触したと信じるようになりました。彼はヨガ、興奮剤、ローゼンクロイツの神秘主義を熱心に実践に移し、一般的な現実世界とカレン・ブリクセンから徐々に遠ざかっていきました。彼はオーラが見え、ブリクセンの口から「強力な白い光」が放射されるのを感じたと主張しました。オーウ・ヘンリクセンは二〇一一年十一月に亡くなりましたが、彼は最後まで、別れ際にブリクセンが彼の力を封じこめるかのように頸椎《けいつい》を押して以来、慢性的な頭痛に悩まされるようになったと主張しました。彼が彼女にこれを問いただした時、彼女は「夢でも見たのではないか」と答えました。

　これらの奇妙な証言を読むと、笑ったらいいのか泣いたらいいのかか分からなくなります。ブリクセンの人生のこの時期は深掘りし過ぎないようにした方がよいでしょう。ブリクセンにとっても、この時期ブリクセンに翻弄された若き芸術家たちにとっても、それらの一件は名誉なことではないでしょう。ですが彼女の編集者、オットー・B・リンドハルトによるブリクセンとの出会いの描写を読むと、カレン・ブリクセンがビアケロードの彼の家の床の上で子どもたちと遊んでいる時や、ロングステズロンの部屋で幻想的な話をしている時の姿が再び浮かび上がり、すっかり元気づけられます。ブリクセンは彼の子どもたちの世話を焼いていたもう一人の老女でした。とはいえ、子どもとの経験が限られていたため、彼女は子どもたちを寝かせるとき、大きな飴を舐めさせて騒がないようさせていました。子どもらの一人は喉に飴を詰まらせて、体を上下逆さまにされ、詰まった飴を口から吐き出させられたこともありました。リンドハルトはまた、男爵夫人が彼の娘スティーネにクリスタルの鉢にイチゴを摘ませ、その鉢が壊れてガラスの破片が子どもの手に刺さった話もしました。「私はカレン・ブリクセンがスティーネを膝に乗せて座り、少しの善意で『王様の手紙』とやらで、血を止めようとした時の彼女の慈悲深い様子が記憶に残っている」と彼は回想記に書いています。また、年報『ブリクセニアーナ』一九七六年の第一号に掲載されたミセス・カールセンの回想記にある、息子のニルスとブリクセンとクラーラ・スヴェンセンが部屋で水遊びをしていた時や、非常にフォーマルな服装で、ディナーを食べていた時の描写も楽しめます。

それでもなお、ブリクセンの問題含みな悪魔的側面を完全になかったことにはできません。彼女がこの時期に『ヘレチカ』の若い詩人たちを実験台にして、あらゆる魂の実験に巻きこんだ動機は何だったのでしょうか？　この奇行は、『報いの道』の章で書かれている虚無感と関係があるのでしょうか？　それはひょっとしたら心理的な説明になるかもしれませんが、悪魔の契約やカレン・ブリクセンの「原罪と堕落」をより詳しく理解することにはなりません。

キルケゴールは『不安の概念』の中で、心理学や道徳をもってしても原罪を理解することはできないと述べています。なぜなら、原罪は道徳の次元における何か存在してはいけないもの、すなわち道徳的な誤りだからです。原罪を理解するためには、キルケゴールによれば、宗教的な次元が必要です。カレン・ブリクセンの「悪魔的なもの」をより深く理解するためには、同様にブリクセンの信仰について問いかける必要があります。

ブリクセンの人生と彼女の文章の両方において、信仰が占める割合が非常に大きいことに疑いの余地はありません。『カレン・ブリクセンとマリオネットたち』の中で、オーウ・ヘンリクセンは、カレン・ブリクセンの作家性において最も重要な要素の二つは、マリオネットというシンボルと、聖書における原罪と堕落という神話であると述べています。

アダムとイヴからやり直す必要があると言う場合、普通は冗談ですが、今回ばかりは文字通りおさらいの必要があるのかもしれません。私たち西洋の世界では、神がどのように世界を創造したかについての神話が、ダーウィンの理論にとって代わられたのはかなり前のことです。しかし、この古い神話には、カレン・ブリクセンを理解するための手がかりが隠れているのかもしれません。

ごく簡単に言うと、神は世界を創造した後、最初の人間を作りました。その人間たちはヘブライ語から直訳すると「男」と「女」を意味する「イシュ」と「イシャ」という名前を持っています。神がイシャをイシュの肋骨《ろっこつ》から作り出すために、彼に深い眠りをもたらした時、彼は『アダム』となりました。楽園では、彼らは完全には区別されていません。アダムとイシャは互いに秘密がなく、恥や心配もなく裸で歩き回っています。アダムとイシャは知恵の実を食べると、善悪の意識を持つようになり、神に対する脅威となります。女がリンゴを食べ、それを男に渡します。知恵を受け入れた最初の反応は、いちじくの葉を集めて隠すことでした。彼らは今、自分自身と他者との違いを意識し、互いに隠さなければならなくなりました。次に、アダムとイシャは地上に送られ、イシャはイヴという名前に変わります。この名前はアダムが彼女に与えたもので、「すべての生き物の母」という意味です。人間はこの「原罪」によって人間らしくなり、同時に死すべき存在となります。ここから物語がはじまります。

カレン・ブリクセンのほぼすべての物語に「原罪」が見られます。彼女が原罪を描く方法は、原罪を人間としての生活がはじまる前に失われなければならない無垢《むく》の存在についての存在論的な神話として解釈することでした。

男女の関係にも「原罪」が見られます。関係は完全な共生や向こう見ずな恋愛からはじまり、互いに完全に吸収されていきます。しかし、関係が続いたある日、どちらかが許しがたい行動をとることがあります。それは他者と共有するのが難しいことです。秘密、嘘《うそ》、偽り、疑念が生まれると、「共生」は急にちょっとした風で倒れるカードの家のような幻想に思えてきます。関係性の枠組みは、無垢《むく》な一体から、愛の力で衝突する二つの対立する力に変わります。この試練を乗り越えられる関係もあれば、そうできない関係もあります。重要なのは、完璧な生活を作り出す方法ではなく、まさに完璧でないことを認識した時にどのように対処するかということです。

原罪は聖書全体の出発点を成します。原罪がなければ、書くこともほとんどなく、語るべき物語もなく、ただ永遠の楽園の歌が延々と流れ続けるだけです。聖書を読み進めると、堕落に内在する二面性が旧約聖書のすべての「英雄」の中で繰り返されていることに気づきます。例えば、ノアは全世界を救いますが、洪水が終わった後にブドウを栽培し、それで作ったワインを大量に飲んで酔っ払ってしまい、天幕の中で素っ裸になります。また、カインが弟のアベルを殺す話もありますが、カインは罰せられることなく、神に保護されて印を押されます。さらに、エサウとヤコブの物語では、ヤコブが兄に変装して相続権を得るために叔父の家に逃げこむと、叔父を騙して家畜や娘を連れて逃げてしまいます。そして、神と戦い、その結果祝福を受けて「イスラエル」という名を得ます。このように、聖書には二面性が多く見られます。後世のキリスト教徒は「英雄物語」を語りたがるものの、聖書にはそれ以上の深みがあります。ブリクセンが信仰者であったとすれば、彼女が目を向けていたのはこのような信仰の次元であったと言えます。彼女の物語にも英雄や悪役は登場せず、唯一の例外は『報いの道』のペンハロウ牧師であり、彼女の作品全体で唯一の悪役となっています。カレン・ブリクセンを「悪魔に祈る者」と見なすのは困難です。むしろ、彼女の物語を読むと、人生の意味について長い間深く考え、「コインの両面」を見てきた女性という印象を受けます。

この二面性は、恐らく『アフリカの日々』の第四部の『移動動物園』に最も顕著に表れています。物語の主人公は、かの有名なアウグストス・フォン・シンメルマン伯爵であり、彼は

『七つの不思議な物語』の中の『ピサへの道』や『詩人』にも登場します。『移動動物園』で、彼はハンブルクの小さな移動動物園を訪れます。そこで、バロック風の奇妙な動物園のオーナーに様々な動物を紹介され、真理の本質や神の存在について会話を交わします。そして、彼らはストーブに近づき、蛇を見ることになります。動物園のオーナーは蛇をとり出してなでます。シンメルマン伯爵は皮肉っぽく笑い、「蛇をなでられる男は、他のどんなことでも敢《あ》えてやるだろう」と言います。すると、動物園のオーナーはこう答えます。

「あなた様……あなた様は蛇を好まなくてはなりませんし、避けるべきではありません。私の人生経験から言わせていただければ、これは本当に私が一生でお伝えできる最良の忠告なのです。蛇を愛さなくてはなりません。どうぞ忘れないでください、私たちが神に魚を求めるたびに、ほぼ毎回、神が与えてくださるのは、蛇なのです」

『移動動物園』はコミカルなテキストであり、興行師はグロテスクに描かれ、物語は不条理に描かれていきます。それにもかかわらず、この作品は『アフリカの日々』の根底にある堕落をテーマにしています。興行師が言わんとしていたのは、神が蛇を魚と同様に創造したこと、誘惑と信仰の両方を創造したことでした。このことは『アフリカの日々』の他の場所でも強調されており、カレン・ブリクセンは、アフリカの先住民が私たちの祖先が忘れてしまった大切なことを教えてくれると書いています。

「アフリカこそが私たちに教えてくれること。それは神と悪魔とは一つのものであり、彼らの栄光は同じく大きく、彼らの威厳は同様に永遠であるということ。したがって、創造されていないものは二つではなくて一つであり、計り知れないものも二つではなくて一つである。そしてアフリカの先住民は、単一性の中の二面性と、二面性の中の単一性を敬っているのだ」

ここでブリクセンは堕落の神話の核心に迫ります。堕落の物語は、キリスト教における特別な難題でした。何千年にもわたり教父たちは《幸福な堕落》と呼ばれる問題について議論してきました。国内では、キルケゴールが『不安の概念』で独自の説を展開しましたが、この著作について耳にしたことがある人は多くいても、実際に読んだ人はごく少数です。手短に言えば、問題とされてきたのは、蛇がどこから来たのかということでした。神自身が創造しなかったとすれば、では誰がそれを作ったのでしょうか？　そして、もしも神自身が罪を作ったのなら、一体なぜそんなものを作ったのでしょう？

キルケゴールは堕落を人間が動物と対照的に人間として定義されるものと見なしています。一方で動物には魂がなく、また天使には生命がないのです。同時に、ここで歴史が生まれると。堕落は人間の特権であり、私たちの自由なのだと。キルケゴールは不安を《自由の目眩《めまい》》と呼びました。

ところがキルケゴールは『不安の概念』の中で、誰が蛇を創造したのかという問いから翻って、直接こう書いています。「私はむしろ、蛇から特定の思想を導き出せないと率直に認めざるをえない。蛇の難点は別の箇所にある——それは外部からの誘惑を受けるところだ。これは聖書の教えに明らかに反している」。キルケゴールは人間の外部にある何かが、人間を支配しようとすることを受け入れがたいとしています。もしアブラハムの信仰が彼自身の内にあり、それがモリヤの山へ導いたのでなければ、それはもはや自由の話ではなくなります。

キルケゴールはこの点について聖書を批判しているほどです。この批判は再び堕落とエデンの園の蛇の問題を起点として展開されました。エデンの園の蛇は逆説的です。なぜなら、その蛇を創造したのが神でないなら、誰なのかが分からないからです。そして、もし神が蛇を創造し、つまりは罪をも創造したのであれば、人間にどのような役割があるのかも分かりません。「罪が必然的に世界に入りこんだのであれば（これは矛盾であるが）、不安は存在しないはずだ」とキルケゴールは書いています。ここでキルケゴールは聖書自体が矛盾していると言い、キルケゴールがその神学において逆説を賛美していたにもかかわらず、逆説が彼の許容範囲を超えてしまっている様子が読んでいて少し面白く思えます。

しかし、この逆説こそがブリクセンの物語の原動力となっているのです。登場人物たちを彼らの人生の中に放りこみ、悪と善を同じコインの裏表に位置づける狂気の原動力に。ブリクセンは決して生半可なことはせず、常に自分のアイデアを極限まで追求します。愛が複雑であり、人間が複雑であるなら、それはまた神が複雑であり、悪魔と神が同一であることを意味します。ブリクセン的に言えば、悪魔を信じることは神を信じることと同じです。罪と美徳、感覚と精神、エロスと聖霊は『バベットの晩餐会』で手をとり合って歩むのです。敬虔《けいけん》な信者たちは、革命的なフランスの料理人が作るカメのスープに至福を覚えるのです。

カレン・ブリクセンは晩年、神を信じているかどうか直接問われた時、『アフリカの日々』の俳優エマヌエルソンの言葉を引用してこう答えました。「あなたは私がとんでもない懐疑主義者だとお考えになっているのでしょうが、私は神以外、何も信じていません」。しかし、彼女は決して敬虔《けいけん》ではなく、常に神への反抗と葛藤を抱いてきました。彼女の人生は堕落そのものであり、人間が神に反抗し、楽園を失い、その過程で人間性を獲得するという彼女の物語そのものでした。

また、『報いの道』の一件が、彼女をより人間らしくしていると言えるかもしれません。彼女は偉大な天才作家であるだけでなく、挫折を味わい、自身の信念に反した行動をとらざるをえない時もありました。彼女もまた人間だったのです。

ですが、『ヘレチカ』界隈《かいわい》の人たちとのエピソードについては、弁解の余地はあまりなさそうです。ブリクセンの動機が若い詩人たちに現実の厳しさを教えることにあったとしても、決定的に違うのは、彼女自身が批判の対象でなかったことです。彼女はむしろロングステズロンの庭で神と悪魔の役割を果たしましたが、それは彼女自身の信条に大いに反するものでした。『詩人』の中で彼女は、人間が神の役を演じることに警鐘を鳴らしており、司法顧問が若い婚約者と詩人アンデルス・クベを出会わせる話では、この強引な堕落が大きな悲劇に発展します。この物語は、司法顧問が自分の妻に殺されるという残酷な結末を迎えます。後に『不滅の物語』でもこのテーマが再び登場し、最後には人形遣いが亡くなってしまいます。つまりブリクセンは人形遣いの芸術に挑むことの愚かさを理解しているはずでしたが、どうでしょうか？

振り返ってみると、これらの出来事は非常に計算し尽くされたものであるように思えてきます。しかし、すべてが計画されていたわけではないのかもしれません。誰が誰の頭を混乱させたのか、判断するのは難しいです。もしかすると、ブリクセンを奇行に導いたのは、彼女の内なる信念ではなく、なり行きだったのかもしれません。七十歳近くになった彼女は自分が年老いているという事実を忘れ、十八歳の若者のように考え、話し、書いたのかもしれません。彼女自身の愚かしさから、本当に恋に落ちていたということもありえます。

ビャーンヴィーは一九七四年に詳細ないきさつを『契約』という本の中で発表しましたが、ブリクセンがこのことについて自らの目線から語ることはありませんでした。その謎は、鏡の中に消えていったのでした。

1961年8月・カレン・ブリクセンがイギリスの作家で『すばらしい新世界』（黒原敏行訳、光文社、2013年）などで知られるオルダス・ハクスリーとその妻ローラ・ハクスリーと昼食をともにした時に撮影。夫妻は国際心理学会議に参加するため、コペンハーゲンを訪れていました。

第十一章　フェミニストたちの前で、十四年遅れの焚き火の前での演説

ブリクセンの作品を読むと、別の時代に――神と悪魔が地上を歩き回り、壮大な舞踏会や秘密の同盟があり、恐ろしい盗賊や祝福された聖人たちがいた時代に――連れて行かれるように感じます。しかし、彼女は過去と現在をつなぐ架け橋でもありました。彼女は文化史という糸を張り巡らせることで現代の冒険物語のような作品を書くことができました。彼女自身は、冒険物語という言葉を「ひどく子どもじみている」と嫌っていたのですが。彼女の物語は大人向けであり、二つの大陸に住み、二つの世界大戦を生き延び、教皇に謁見し、ヒトラーからの招待を断るなど、多くの経験を積んだ女性の人生観に基づいています。

一九四〇年代中頃から一九五〇年代末まで、ブリクセンは本を一冊も出版しませんでしたが、怠けていたわけではありません。一九四五年から一九五七年の間に、彼女は二十一の作品を書き、そのうち十作は物語、十一作はエッセイで、様々な雑誌に掲載されました。彼女は同時に文化人として活発に発信を行い、しばしばラジオで話をしました。彼女のエッセイやラジオで

の話では、過去の世界観が現代の世界観に織りこまれていました。もしも今日「歴史への関心のなさ」が問題視されるならば、カレン・ブリクセンはその時代のいわば「解決策」だったと言えるでしょう。一九六四年に発表された最初の権威あるブリクセン研究『夜の闇、光、笑い——カレン・ブリクセンの芸術の研究』の著者ロバート・ランバウムは、ブリクセンを「文化的な記憶の声」をもって語れる数少ない人物の一人だったという美しい賛辞を贈っています。

ブリクセンの物語から文化史の足跡をたどるとすれば、アフリカの文明のゆりかごから古代ギリシャを旅し、プラトンの饗宴に行き、クレタ島からローマに船で渡り、帝国の誕生をヴァージルとともに体験し、イスラムの半月が「千夜一夜」の上で輝くのを眺め、目覚めたらボッカチオ、ダンテ、ペトラルカとともにイタリアのルネサンス期にたどり着いていることでしょう。そして、シェイクスピアのソネットとエリザベス朝のドラマでペトラルカ主義を追い、デンマークの啓蒙時代にホルベアの『エラスムス・モンタヌス』で地球がパンケーキのように平らであったことを発見し、イーヴァルドの『ミスター・パンケーキ』とともに旅を続け、デュマとフランス革命に参加し、ゲーテの苦しみとハインリッヒ・フォン・クライスト男爵のマリオネット劇でドイツのロマン主義に触れ、ギリシャの独立戦争でロード・バイロンと肩を並べて闘い、一八六四年、デンマーク戦争でのプロイセン・オーストリア連合軍に対する敗北とともに帰国し、ギーオウ・ブランデスの近代文学運動とともに現代に突入します。ブリクセンは彼女自身のエッセイの出典にしたり、物語のインスピレーションを得たりする巨大な文化史と

いう引き出しを持ち、しばしば有名な人物たちを物語の脇役や主役として再び登場させていま
す。

ところがブリクセンは時代の動きに無頓着だったわけではありませんでした。彼女は同時代の強い女性たちが一般参政権や牧師、医師、法律家として働く権利を得るために闘う様を目の当たりにしました。ブリクセン自身も多くの人々にとってのロールモデルでした。彼女は男性のようにズボンを穿き、自動車を運転し、ライオン狩りに行く強い女性でした。離婚し、自立し、外国で初めて真に成功したデンマーク人女性作家の一人でした。しかし同時に、彼女は非常に古い北欧的な人生観を持ち、自分の意見をはっきりと明言しなかったため、女性運動の活動家たちは彼女の立ち位置を測りかねたようです。

一九三九年の夏に、ブリクセンはコペンハーゲンで開かれた大規模な国際女性会議でのスピーチを依頼されましたが、偶然にも同時期に友人のイギリス人俳優ジョン・ギールグッドがクロンボー城で『ハムレット』を演じるためデンマークに滞在していました。カレン・ブリクセンは会議に参加する理性的な女性たちよりも舞台に立つ狂った王子を選び、「一週間、昼も夜も観客席と舞台裏でそのイギリス人俳優たちとともにシェイクスピアの世界で過ごした」のです。

とはいえ、カレン・ブリクセンは女性問題を完全に放棄していたわけではありませんでした。眼科医で女性会議の委員会の代表だったエストリッド・ハインは、もう一度ブリクセンにスピ

ーチを依頼しましたが、ブリクセンにはどうしても気が進まないところがあったのです。

「では、あなたは女性問題に反対なのですか？」とミセス・ハインは尋ねました。

「そうではありません」とブリクセンは答えました。「そうとは言えません」

「では、あなたの立場はどうなのですか？」とミセス・ハインは知りたがりました。

カレン・ブリクセンは観念しなくてはなりませんでした。彼女は女性問題に対しどのような立場をとればよいのか分からなかったのです。ミセス・ハインは彼女に「家に帰って、そのことについて考えてください」と求めました。そして彼女はそうしたのです。十四年間も！

一九五三年にサーレ女学校でのスピーチに招かれた時、ようやく元々女性問題委員会向けに考えていた講演を行いました。演説の題名は『十四年遅れの焚き火の前での演説』になりました。焚き火の前のスピーチでブリクセンは過去と未来をつなぐと同時に、男性と女性の差違をも示しました。「自立した存在を持たないものは、創造することを理解しない」と彼女は述べました。男性と女性の自立はそのためアルファとオメガであり、平等であることではないのです。

ブリクセンは男女平等のために闘っていた同時代の女性運動家たちに男女の違いを想起させるのが適切でないことをよく分かっていて、年老いたナタリー・サーレと他の女性運動の女性たちが墓に戻ってしまうのではないかと懸念していました。

それでも彼女は、女性問題にとり組む前に問いを立てる必要があると考えました。それは

「一体なぜ二つの性が存在するのか？」という問いでした。

　ブリクセンは、もし差違も争いもない人種がいたと想像したなら、個々の人間は「気味が悪いほど、画一的」になるに違いないと確信していました。例えば、クラゲや芽を出す植物、単細胞生物とは異なり、人間は皆違っています。私たちが強くなり、成長し、子孫を残し、切望し、努力するのは、よい意味でも悪い意味でもそのような差違があるからだと彼女は考えました。愛は闘いですが、その闘いを通じて、ブリクセンが最高の喜びと見なすインスピレーションが生まれます。「歴史上、男女が互いにインスピレーションを与え合うことが、人間という種族の最大の原動力となってきたのです。私たちの貴賤を左右するのは、事業、詩、芸術、そして趣向です」

　人類が発展したのも、彼女の解釈によると、男女の間に差異があったからだと言います。差違により生じる相互作用こそが、私たちの文明の基盤であるとブリクセンは考えます。

　この問題に対するブリクセンのアプローチは、政治的なプログラムにはそぐいません。議論の背景には、高い代償を払った人生経験があり、彼女自身の愛との出会いは常に情熱と苦悩、欲望と失望、勝利と敗北に彩られていました。また、彼女の子ども時代の記憶も反映されています。ヴィルヘルム・ディネセンが愛を描く際には、それは平和な調和ではなく、血なまぐさい戦争として描かれました。「平和と愛ほど、互いに不協和音を生じる二語は私たちの言語には存在しない」と彼は手紙に書きました。平和と愛は「互いに嫌い合い、追いかけ合い、火と水のように互いを無にする。喧嘩《けんか》し、引き裂き合うが、共存することはない」。ヴィルヘルムは愛を「足の裏から髪の先までの不和」と表現しました。

それは特に奇妙には思えません——ブリクセンにとって、愛は必ずしも心地よい体験ではなかったのですから——それでも愛は彼女の人生全体にわたる野性的な推進力でした。このような矛盾をどう説明すればよいのでしょうか？

世界では人々が常に争っており、それでも闘い続ける関係が私たちを成長させ、発展させるのです。そして、相入れない部分がない関係からはあまり多くを学ぶことはできません。愛は恐らく不条理で、非実用的で、厄介で、時に破壊的です。しかし、もし愛がなかったら、私たちは何になるのでしょうか？

ブリクセンは完全に的外れではないのかもしれません。初めて困難に直面した際に別れてしまう「完璧なカップル」の話や、逆に犬と猫ほど違っているのに、長い結婚生活をともにするカップルの話はよく聞きます。

互いの差違を認めることは恐らく政治的な平等に特別有益ではありませんが、それは現実の経験に大いに基づいています。そして誤解してはいけません。これは、両性の間にある互いが対等であるという深い感情と結びついています。ブリクセンにとって、男も女も、まさに彼らが男であり、女であるからこそ、大きな、崇高な価値を持っています。

「男性を端に追いやることに女性の幸福はありません。男性が女性の前にひざまずくことは屈辱ではありません。しかし、社会の女性にとって、社会の男性を敬えないのは屈辱であり、社会の男性にとって、社会の女性を敬えないのは屈辱です」

ブリクセンは、これに類似した内容の演説をいくつも行いました。例えば、自然保護、古きデンマーク、アフリカの白人と黒人、新しい正書法など、どのテーマでも、いつも皮肉めいた視点を持ち、挑発的な鋭さを持ち、そして読者に知恵を授けるような正直さが感じられます。これらの演説は『カレン・ブリクセンのエッセイ』（邦訳は『ダゲレオタイプ　講演・エッセイ集』奥山裕介訳、幻戯書房より刊行予定）という本にまとめられています。また、この時期に彼女が執筆した一連の優れた物語も、様々な雑誌に掲載されました。この時期に書かれたものには、『バベットの晩餐会』、『指輪』（邦訳は『不滅の物語』イサク・ディーネセン著、工藤政司訳、国書刊行会、一九九五年収録『指輪』／『運命綺譚』カーレン・ブリクセン著、渡辺洋美訳、筑摩書房、一九九六年収録『指輪』）、『不滅の物語』などが含まれます。しかし、もしここですべてが終わってしまったなら、それは悲しい結末となっていたでしょう。そして一時期、本当にそのような状況になりかけたのです。

一九五五年にカレン・ブリクセンは救急搬送されました。彼女の友人や家族は、亡くなるのも時間の問題と考えていました。ブリクセン自身も、最期の時が来たと確信していました。クラーラ・スヴェンセンは涙に暮れ、カレン・ブリクセンは遺書をしたためました。しかし見事に彼女は再び立ち上がったのです。胃の大部分を切除したカレン・ブリクセンの姿は生きる骸骨のようでしたが、そこから七年を生きる名誉に授かったのです。ジュディス・サーマンは伝記の中で、この最期の肉体的な衰弱が、ブリクセンがアフリカ以来積み上げてきた成長を完全に止めてしまったのかどうかについて描いています。彼女はその時には、完全なる記念碑、象徴、「死をも乗り越えた」人物と化したのです。

病床での体験により激しいエネルギーに満ちあふれた活動が生み出され、最期の時をできる限り有益に過ごしたいという思いを固くしたかのようでした。その後の七年間で、カレン・ブリクセンは三冊の本を出版しました。初期の数冊がアフリカで過ごした十七年の間にまとめられたものだったのと同様に、この時期に出版されたこれらの本も、『冬の物語』以降の十五年間にとり組んできた題材をまとめたものばかりでした。芸術へのカムバックだけでなく、素晴らしい人生のカムバックを果たしたのでした。

第十二章　最後の物語

"*Last Tales*"（最後の物語）の表紙（英語版）。

一九五〇年からブリクセンは百人の登場人物が出てくる小説、『アルボンドカーニ』という大作にとり組みました。『アルボンドカーニ』という題名は、『千夜一夜物語』のスルタン（トルコ系イスラム世界の聖俗の支配者に与えられる称号）、アル・ブンドゥクダリから名前をとった、この小説に一貫して登場するイタリアの王子の名前でした。小説は一八三〇年代のナポリが主な舞台となっており、各章は独立した話とはいえ、互いにつながっています。アルボンドカーニは彼女の代表作となり、究極的な語りの集大成になるはずでした。しかし、コウノトリの話のように、ブリクセンは登場人物らに計画通りに人生を生きるようには仕向けませんでした。彼らがこの鳥を描くよう計画を立てていたとすれば、成功はしていなかったに違いありません。

未完結の小説『アルボンドカーニ』は、最終的に『最後の物語』に収録されました。ブリクセンが構築しようと想像していたような「百の部屋から成る聖堂」のようにはならず、逆にわずか七章のみの質素な住まいとなりました。

七章で成る『アルボンドカーニ』以外に、二篇の新しい《幻想物語》と三篇の新しい《冬の物語》が収められた『最後の物語』はブリクセンの過去の語りの集大成と言えます。全体として、『最後の物語』はブリクセンの作品の中で最も調和のとれた本ではなく、恐らく野心的な本でしょう。なぜならこの作品には非常にたくさんの実験的な文学的試みと、彼女自身の物語芸術が大いに発揮された大胆な試みが見られるからです。

新しい《冬の物語》の一つは、イヴとアデライデについての物語であり、カレン・ブリクセンの父、ヴィルヘルム・ディネセンが若者時代に恋をしたであろういとこのアグネス・フリースについての神話でもあります。他方で、トーキル・ビャーンヴィーとの不幸な恋愛が繰りをモチーフにしたと思われる新しい幻想物語『エコー』では、架空の人物であるペレグリーナ・レオニは現実のブリクセンと融合し、小さな山の村で複数の人格を持つオペラ歌手が聖歌隊の少年エマニュエルの声を聞き、彼女自身の声が彼の中で再び生まれたと考える物語であるという新たな解釈が生まれました。ビャーンヴィーとの情事のように、この物語も、ペレグリーナ・レオニが少年と血を混ぜようとした際に、少年が彼女から離れ、未完結のまま終わります。新しい冬の物語も、新しい幻想物語も、元の作品と完全に同じ質には達していません。

七章で成る『アルボンドカーニ』は、新しい形式と切り口で、かなり熟考されて書かれたもので、カレン・ブリクセンの最も文学的な物語の一つです。ジュディス・サーマンが伝記の中で、ブリクセンが『最後の物語』で、娯楽性も必要だという自身の信条を妥協したと感じたのに対し、逆に初めて世に認められたブリクセン研究を著した文学研究家のロバート・ランバウムは、彼がカレン・ブリクセンの作品で最初に目をつけたのは『最後の物語』だと述べています。

文化史上、有名な詩人や芸術家が物語の中で出会い、人生や芸術について議論します。これらの物語は、『七つのゴシック物語』のように緊張感漂う万華鏡のような展開ではなく、より成熟した語り手の視点で描かれています。

特にアルボンドカーニについての第七章、最終章の『空白のページ』（邦訳は『女たちの時間　レズビアン短編小説集』利根川真紀編訳、平凡社、一九九八年収録『空白のページ』イサク・ディーネセン著）は典型例です。この非常に短い物語は、現在ではカレン・ブリクセンの物語芸術を理解する鍵としてしばしば読まれています。

読者は「物語を語ることで生計を立て、コーヒーのような茶色い肌をし、黒い服を着た年老いた女性」の語る物語に誘われます。この年老いた語り手は、語りの技術を祖母から教わったと言います。さらに物語の第一の掟《おきて》は「物語への揺るぎない忠実さを持つ」ことだとも。これは『真実の復讐』に出てくる魔女の言葉を彷彿《ほうふつ》とさせますが、魔女が人生をグロテスクなマリオネット喜劇として描いたのに対し、この年老いた語り手の視点は、瞑想的《めいそうてき》で明確です。語り手の背後にいるカレン・ブリクセンが、人生の新たな段階に達したことが感じられます。過去と未来はもはや彼女が逃れようとする恐ろしいものではなくなり、彼女は心の平穏を得て、自分が何者であるか迷いはなくなりました。彼女はストーリーテラーなのです。

この年老いた語り手は物語に対して深い忠誠心を持ち、『空白のページ』では物語の最も神聖な部分と「沈黙」を結びつけています。物語は沈黙の中でも生き続けるのではなく、沈黙があるからこそ生き続けます。「私たちが沈黙する時、私たち以上に物語を語るのは何でしょう？それは沈黙です」とこの年老いた語り手は言います。「最も美しく印刷されたページ」よりも

「深く、陰鬱で、陽気な」物語が一つあります。語り手が語ろうとするのはこの物語で、《空白のページ》についての物語なのです。

『空白のページ』はそれぞれの物語の出発点となる空白のページについての物語です。白い紙は処女膜に、そのページに書かれた文章は処女膜が破られる時にシーツにつく血の跡に例えられています。このようにして『空白のページ』は、物語から永遠に失われた無垢《むく》さに基づいて書かれていることを示唆しています。"Nunquam umbra sine luce"《光なければ影もなし》。無垢《むく》さなければ物語もなし。無垢《むく》さの喪失なければ物語もなし。語り手が言うように、「物語のない場所には沈黙の空虚さがあり、物語を裏切った場所にも沈黙の空虚さがある」のです。

戦時下にブリクセン自身が感じていた存在の空虚さや、タイプライターの空白のページ、大きな虚無についての彼女の描写に、読者として、思いを巡らさずにはいられません。『報いの道』の「トラウマ」により、彼女は物語を裏切ったと感じたのでしょうか?

彼女の人生を振り返ると、存在の空虚さを克服したかのように思えます。『空白のページ』では、ストーリーテラーである彼女が「物語に対して死ぬまで忠実であるところでは、沈黙が語る」とつけ加えています。このフィクションも現実を背景にしているのでしょうか? カレン・ブリクセンが二年前に経験した精神の死とも言える体験と関係があるのでしょうか? 彼女は病床で、暗闇の中の光を見つけ、最終的に存在の空虚さから解放されたのでしょうか? 恐らくそうでしょう。確かなのは、この時期、彼女の周囲が再び花開いたようになったことです。まるで暗くて古い家の中で突然誰かが光を灯《とも》したかのように。しかし、この心理的な背景を「説明」と捉えるだけでは、物語の深層に決して到達できず、「語る沈黙」の意味を理解することもできません。

カレン・ブリクセンにとって「物語」とは、単なる寝かしつけのための子守歌でも手に汗握るようなミステリーでもなく、人生そのものでした。物語は人生であり、人生は物語だったのです。これが最も明確に現れているのが、『空白のページ』なのかもしれません。

ストーリーテラーによる導入の後、奇妙な物語がポルトガルの修道院ではじまります。この修道院では、シスターたちがポルトガル王室のためにシーツを織るという神聖な仕事をしています。ほんの数行でブリクセンは、修道院の周囲の自然とその中に宿る純潔な精神性を一体化させた絵画のような雰囲気を作り上げています。

「ポルトガルの青い山高くに修道院がありました……修道院の下の長い畑は、雪のように白い牛によって耕され、種は爪の下に泥が入った労働により鍛えられた処女の手で熟練の手さばきで蒔《ま》かれます。亜麻が花開く頃になると、谷全体が空色に染まり、それはちょうど聖母マリアが聖アンナの鶏小屋で卵を集めるために身に着けたエプロンのような色になります。すぐに大天使ガブリエルが翼を大きく羽ばたかせて家の敷居に降り立つ瞬間のようです。高く舞い上がったハトが銀色の星のように翼を震わせていました。夏になると、周囲の村人たちが畑を見上げて自問します。『ああ、今修道院は天に昇るのだろうか？　それとも、小さなシスターたちが天を地上に引き寄せでもしたのだろうか？』」

後半で青い山に建つ修道院の周りに白いシーツのように雪が広がります。田園風景のようなその無垢《むく》さは損なわれるためだけに存在しています。処女たちが無限の勤勉さと信心を捧《ささ》げ白くしようとしたそのシーツを、姫が結婚式の夜に使います。白いシーツの布は処女の血で染められ、王家は翌日そのシーツを民衆に見せて結婚の成就を証明します。物語は、白いシーツに血で書かれた一文ではじまります。シーツは姫が処女だったことの証ですが、実際には彼女がもう処女でないことの証でもあります。矛盾することに、処女であるということは、処女でなくなることでしか証明できないのです。

この後、血の染みがついたシーツは切りとられ、修道院に送られます。少し不穏に聞こえるかもしれませんが、物語の中ではそう描かれていません。それはこの上ない名誉であり、その血の染みはシスターたちが白いシーツの生地を織るのに示したのと同じだけの大きな敬意をもって受け入れられました。血のついたキャンバスは木枠に収められ、その後、修道院の広いギャラリーに飾られました。ここには王族の一族全員の受胎の瞬間が、下に名前のプレートをつけられ、芸術作品として展示されています。それは生命を描いた芸術ではなく、血と汗と涙で描かれ、キャンバスに刻まれた生々しい人生の証なのです。

　ストーリーテラーは、毎年多くの女性たちが、色あせ青白くなった血の跡が残るシーツを何時間も座って見つめるために山の上の修道院を巡礼するのだと語ります。彼女たちはそのシーツの上に「黄道帯全体のしるし」を読みとったり、「自分たち自身の思考世界からの絵」を見出したりできるのです。

　しかし、彼女たちが視線を落とすシーツが一枚あります。その中央には、すべての物語の起源となる「空白のページ」として、全く手つかずの白いシーツがシスターたちによって掛けられています。老ストーリーテラーは、この純白のシーツの前で、すべての歴史上の女性、王女、女王、妻、母、乙女、遊び仲間、侍女、ブライズメイド、シスター、そして修道院長までもが最も深い思索にふけるのだと語ります。

「空白のページ」は単に空白であるだけでも、無意味なわけでもありません（ストーリーテラーが冒頭で警告しているように）。女性たちはこの「空白のページ」に人生の無限の可能性と、自分たち自身の不滅の魂を見出しているのかもしれません。

『空白のページ』は第一に詩的で純粋な詩であり、語ることのできない物語についての物語なのです。とはいえ、『空白のページ』をどのように理解すればよいのでしょうか。この問いに対する答えを見つけるべきなのは、ブリクセン自身ではないのかもしれません。ギリシャの哲学者ソクラテスは「無知の知」で有名です。「無知の知」は、天才的洞察によるものではなく、

産婆術に例えられる特別な技法によるものです。ソクラテスは自らを精神的な産婆、つまり私たちを忘却から救う魂の医師と捉えていました。ソクラテスの技法は「患者」を教え導くものではなく、その人自身の不滅の魂を取り戻す手助けをすることです。例えば、対話集『メノン』（邦訳は『メノン』プラトン著、藤沢令夫訳、岩波書店、一九九四年他）において、教育を受けていない奴隷に難しい計算問題を解かせることで、ソクラテスは知識とは教えられるものではなく、思い出させられるものだということを証明しました。ソクラテスの産婆術は、奴隷が自分で答えにたどり着くのを助けるのに用いられました。

『空白のページ』の中で、語り手は文章中に直接、そして読者自身の心の中で物語を伝える年老いた産婆のように描かれています。文章全体に、「文章自体の外にある」何か精神的なものが宿っています。聖霊、処女の母の鶏小屋、天使、そしてこれから起こること――すべてが処女性の緊張と誕生への期待の中で揺れています。ブリクセンにおいては、産婆術は哲学の枠組みの内側だけでなく、物語の内側でも機能します。彼女の「産婆術」は、読者が熟考し、自分自身の魂をのぞきこみ、自分自身の物語に耳を傾けることを許す開かれた物語を作り出すのです。

『最後の物語』は、ブリクセンの作品の中で最もとっつきにくいとも言われており、彼女の作品で、初めて《今月の本》に選ばれませんでした。しかし、この作品は世界文学の中で偉大な文学的天才として彼女の名をとどろかせるのに一役買いました。『最後の物語』は、アメリカ

の知識人が購読するブッククラブ《ザ・リーダーズ・サブスクリプション》でとり上げられ、ブリクセンはアメリカン・アカデミーおよび国立芸術と文字研究所の名誉会員に選ばれました。本国デンマークでは、彼女は批評家賞を受賞し、スウェーデン・アカデミーが次のノーベル文学賞の候補に彼女を入れていたという話もあります。

カレン・ブリクセンは、亡くなる直前までノーベル文学賞の最有力候補とされながらも、結局受賞には至りませんでした。一九五四年にノーベル文学賞を受賞したアーネスト・ヘミングウェイは、自分でなくカレン・ブリクセンが同賞を受賞すべきだったと語り、彼女の功績を称えました。ヘミングウェイはブリクセンの夫、ブロール・ブリクセンと個人的に親しい関係にあり、ブリクセンが賞を受けられなかったことを残念に思っていたのです。ヘミングウェイは、彼女を「他のスウェーデン（実際はデンマークなのですが）の作家たちよりもずっと優れている」と考えていました。ブリクセンはこの称賛に困惑しつつもいたく感激し、ヘミングウェイに感謝の手紙を書き、彼の言葉を授かりノーベル賞を受賞するのと同じくらいうれしく思ったと伝えました。一九六〇年には、カール・ビャーンホフやクリスチアン・エリングとともにデンマーク・アカデミーを創設しました。このアカデミーは、スウェーデンのノーベル・アカデミーに相当するもので、ロングステズロンを拠点に、毎年「特に文学の分野でデンマークの精神と言葉に寄与した」人物に賞と勲章を授与しています。

Nobelt

Nobelpristageren Ernest Hemingway udtaler, at prisen efter hans mening burde være gaaet til Karen Blixen, som til gengæld svarer, at Hemingway burde have haft den to gange.

— After you, baroness . . . .

ハンス・ベンディックスのポリティケン新聞でのコメント。「ノーベル文学賞を受賞したアーネスト・ヘミングウェイは、ノーベル文学賞は自分ではなくカレン・ブリクセンに与えられるべきなのではないかと発言した。それに対するカレン・ブリクセンの返答は、ヘミングウェイはノーベル文学賞を二度与えられるに値する、というものだった」

第十三章　運命綺譚、バベットの晩餐会

『最後の物語』がカレン・ブリクセンの著作の中で最もばらばらな作品だとすれば、最もまとまりのある作品は『運命の逸話』（邦訳は『運命綺譚』カーレン・ブリクセン著、渡辺洋美訳、筑摩書房、一九九六年、ただし邦訳に『バベットの晩餐会』は収録されていない）でしょう。ブリクセンはこれら二つの書籍に並行してとり組んでいましたが、『運命の逸話』を『最後の物語』の後に出すことは、彼女にとって非常に重要でした。出版社は「最後の」物語を「先に」出すのは、あべこべなのではないかと考えていましたが、カレン・ブリクセンは譲りませんでした。彼女は『最後の物語』の方がより重要な作品であり、文学シーンへのカムバックに、より寄与した作品と捉えていました。一方、『運命の逸話』は、「フルートで奏でられた軽やかなメロディ」のようでした。

『運命の逸話』が『最後の物語』よりも軽やかであるのなら、それはストーリーテラーにとって名誉なことでしょう。粒ぞろいの五つの物語が収録されたこの本には、一グラムの無駄もあ

りません。『運命の逸話』はブリクセンの最も完成度の高い作品であり、彼女の作家性に初めて触れる人に自信を持って薦められることに間違いありません。

『運命の逸話』の特異な点は、五つの物語のうち四作が発売以前に発表された点でした。『水くぐる人』はデンマークの雑誌『風配図』の第一号で一九五四年に発表されたのに対し、『バベットの晩餐会』（邦訳は『バベットの晩餐会』アイザック・ディネーセン著、岸田今日子訳、シネセゾン、一九八九年／『バベットの晩餐会』、イサク・ディーネセン著、桝田啓介訳、筑摩書房、一九九二年）、『不滅の物語』、『指輪』はどれも、五〇年代の初めに、アメリカの週刊誌『女性の家ジャーナル』に掲載されました。最後の三作は、すべて映像化されています。『バベットの晩餐会』でガブリエル・アクセル監督は一九八八年にアカデミー賞でオスカーを獲得、伝説的な映画監督オーソン・ウェルズは一九六八年に『不滅の物語』を映像化、自らミスター・クレイ役を演じ、『指輪』は一九八八年にクリストファー・ニーホルムがテレビ映像化しました。

『水くぐる人』では語り手のミラ・ジャマが、天使に魅了されたムスリムの神学生、サウフェについて語ります。彼は、神に目を向け、天体を見つめ、天使という存在について熟考することに生活を捧《ささ》げていました。しかし町からやって来た何者かが、彼の家に天使の格好をしたハレムの女性を送りこんだことで事態が一変しました。神学生は本当に天使がやって来たのだと信じ、その女性とのエロチックな交わりにより、彼の幸福は至福の域に達しました――ところが、女性は彼に恋に落ち、最後に真実を告げます。こうしてその信心深い男性は神の創造物について初めて真に知り、現実の女性は血と肉でできていて、魂だけでなく「手で」味わうものだと知ったのです。後にサウフェは真珠漁師としての生活を送るようになり、魚は自然と同じ価値があり、人間よりも優れていることを知りました。

『バベットの晩餐会』は、ブリクセンの作品の中で最も有名な話かもしれません。名料理人のバベットが、ノルウェーの信心深いピューリタン派の牧師の二人の娘の家にやって来て、宝くじで当たった財産を牧師の誕生日を祝う豪華な祝宴に投じようと決意します。バベットの晩餐会の材料が――生きたカメから最高級のヴィンテージワインまで――到着した際、信心深い人々は仰天します。晩餐会は例外的な場面です――敬虔《けいけん》な信者たちは表情一つ変えずにバベットからの贈り物を受けとることに決めましたが、夜が深まるにつれ、バベットのすばらしい料理とワインが回ってきて、感動的かつ非常に面白い集団的な啓示がもたらされるのでした。

『不滅の物語』で、ブリクセンは最も卓越したストーリーの一つを描いています。主人公は、人生の終わりを召し使いのエリスハマと過ごす年老いた商人ミスター・クレイです。クレイ氏の仕事ぶりは、まるで風刺のようです――彼はエリスハマに自分の古い帳簿を声に出して読み上げさせ、帳簿をすべて読み終えると、今から何を話そうかと考えます。クレイ氏は、冒険や戯れを好みませんでしたが、ある物語を語ることはできました。それは、金持ちの商人が美しい若い妻と一夜をともにできた礼に、船乗りに五枚の金貨を渡す話です。エリスハマからそれが作り話で、現実に起きた話ではないと聞かされ、クレイ氏はショックを受けました。そのことに年老いた商人はほとんど耐えられませんでした——完全な作り話だとしたら、それに何の意味があるのかと。そこで彼は物語を現実にしようと決意しました。彼には娘がいませんでしたが、娼婦《しょうふ》を雇い、エリスハマにその物語を本物と信じさせるために船乗りを連れてきました。しかし、事はクレイ氏の思惑通りには進みませんでした。

『指輪』は、『運命の逸話』の最後の物語です。文章は短く、物語のあらすじも単純で、登場人物も少ないです。それにもかかわらず、『指輪』にはブリクセンの作家性が凝縮されています。『指輪』は様々な点で模範的です。大きく見てブリクセンのテーマは、物語の小さな縮図として現れますが、それと同時に物語はちょうどよく単純で、分かりやすいのです。そのため、次に物語を展開し、ブリクセンが行間に織りこんだ細部を示します。

『指輪』は若い夫婦、ロヴィーセ（友人たちからリーセと呼ばれていた）とシギスムン（英語版）／コンラッド（デンマーク語版）についての物語で、ある午後に起きた出来事について書かれています。ロヴィーセとシギスムン／コンラッドは、一週間しか結婚しておらず、すべてが理想的でロマンティックな雰囲気に包まれ、私たち読者は美しい絵画の中に入りこんだように感じます。

「軽くて白い群雲が、空高く浮かび、空気は新鮮で甘い香りで満たされた。リーセは白く透けるドレスを身にまとい、水色のリボンのついたイタリア製の大きな麦わら帽をかぶっていた。

リーセは夫とともに庭と公園をうねるロマンティックな道をたどった。その道がやがて小道となり、大木の茂る牧草地へと続き、小川や、小さな森の脇を通り、羊小屋の囲いへと続いた」

女性の絵描きの筆は芸術アカデミーで使っていたもののようで、『空白のページ』の修道院の純潔な白と青を思い起こさせます。『指輪』の冒頭、私たち読者は、ポルトガルの青い山に広がる白い雪原に比類する理想の風景を目撃します。男性と女性の間、また空と大地の間にある、楽園のような一体感です。雲の白はリーセのドレスと調和し、青い空は彼女の帽子のリボンと共鳴します。これらの融合は、「楽園が地上に降りてきた」と言われる文章により支えられており、シギスムン／コンラッドとリーセは「神と人間のための一人」とされています。しかし、この楽園のモチーフにおける無垢《むく》さと一体感は、子どもっぽさや偏りに変わる恐れがあります。物語の初めから、主人公たちの現実との非現実的な関係が示唆されています。シギスムン／コンラッドは「影がリーセの道に落ちるのを許さない」とし、リーセは自分が「子ども時代の人形の家」に入ったと感じています。読者として、彼らの大きな愛が非自立性と深く結びついていると感じるかもしれません。

『フェミニストたちの前で、十四年遅れの焚き火の前での演説』の章で述べた通り、これは持続可能な状況ではありません——人は差違のない共生を通してではなく、差違と個人としての自立を通して、幸福を得るのです。

リーセとシギスムン／コンラッドが羊小屋にやって来た時、二人は羊たちが謎の病にかかっているることを告げる年老いた羊飼いのマティアスに出会います——ですが、それは最悪の事態ではありませんでした。庭には、近所の羊小屋に侵入し、羊飼いを殺した羊泥棒も潜んでいました。マティアスはその殺人者を自らの手で捕まえると宣言します。マティアスは犬になぞえられています（彼は《シェパード》と呼ばれていますが、これは彼の羊飼いとしての地位だけでなく、犬種も指しています）。一方で、羊泥棒はオオカミとして描かれ、リーセは小さな子羊として描かれています。

リーセの心は揺れ動きます。彼女は羊泥棒の悪行に憤慨しながらも、その恐ろしい話に快感を覚えます。ここでは、キルケゴールの『不安の概念』で「甘い不安」と呼ばれる「自己の不一致」がエコーしています。一方、シギスムン／コンラッドは若い妻とは対照的に、実践的に反応し、羊泥棒を「かわいそうな悪魔」と呼んでいます。リーセはシギスムン／コンラッドが羊泥棒の行為を軽く受け止めていることに動揺しています。

「あなたはこんな恐ろしい人にどうして同情できるの？　そう、だったらおばあさんが言っていた通り、あなたは自由思想家かフリーメイソンのメンバーか何かで、社会の危険人物だってことになるわ」と彼女は言いました。

リーセはおとぎ話の赤ずきんのように子どもっぽく、目覚めつつある性におびえつつも魅了されています。彼女は情熱的でありながらも繊細で、シギスムン／コンラッドに対する情熱を抑えきれず、フリーメイソンと自由思想家を混同している点でも幼さが見られます。シギスムン／コンラッドは対照的に分別があり、実利的な今風の男として描かれています。羊の飼い方についての彼の知識はドイツやイギリスの新しい方法に影響されており、病気になったのは輸入された羊たちです。ブリクセンの作品には、古風な（多くの場合デンマーク的な）農業環境が現代的な（しばしばイギリスの）手法にとって代わられるというテーマが繰り返し登場します。特に『悲しみの畑』（邦訳は『冬物語』カレン・ブリクセン著、渡辺洋美訳、筑摩書房、一九九五年収録『嘆きの畑』／『不滅の物語』イサク・ディーネセン著、工藤政司訳、国書刊行会、一九九五年収録『悲しみの畑』／『冬の物語』イサク・ディネセン著、横山貞子訳、新潮社、二〇一五年収録『悲しみの畑』）では、若い貴族アダムがイギリスの啓蒙思想で頭が一杯になってデンマークの荘園に戻る様子が描かれています。

シギスムン／コンラッドとリーセの幸福な結婚生活は、リーセの激情とシギスムン／コンラッドの実利的な分別の間にある大きな不均衡を覆い隠していることが明らかになります。シギスムン／コンラッドが羊泥棒を「かわいそうな悪魔」と呼んだ際のリーセの反応には二つの意味がありました。それはシギスムン／コンラッドの実利的な態度への反応であると同時に、羊泥棒の話が彼女に心地よい恐怖をもたらしたことへの反応でもあったのです。エロチックな視点から見ると、理性的なシギスムン／コンラッドにはリーセの情熱を満たすことが難しく、彼女は羊泥棒の話に自分の心の深層に触れる何かを感じ、恐怖を覚えたのかもしれません。シギスムン／コンラッドはリーセの情熱に反応せず、彼女に家に戻るように言います。彼は病気になった羊を調べたいと思っていますが、リーセにはそれが理解できません。この小さな衝突の中で、ブリクセンは夫婦関係のダイナミズムを分析し、示しています。お互いを幸福にしたいと望んでいるのに、どちらもそれができないのです。カレン・ブリクセンの物語によく見られるように、対立しながらも補い合う者同士の関係が描かれていますが、これは調和のとれた関係ではなく、問題をはらんだ不均衡な関係です。

『カレン・ブリクセンとマリオネットたち』の中で、オーウ・ヘンリクセンは、この不均衡をロマン主義の詩人ヘンリック・クレイストの、人間を原罪の結果として自然な重心がずれてしまった人形とする考えに対比させています。『詩人』の中で、ブリクセンは人間を「反重力的」な存在として描いています。人形遣いが紐《ひも》を引っ張ると、人形の体の部位の一部が持ち上がり、他の部位は自然に下がるのです。この描写を、ブリクセンはアンデルスとフランシーネの会話の中で人間の世界に移し替えています。

「[アンデルス]『……これはフロギストン（可燃物の中に存在し、燃焼中に放出されるとかつて信じられていた架空の物質）に関する自然の法則だ。……フロギストン、その悪魔は負の重さを持っていて、私たちの中から燃え去るほど、私たちは重くなる。そう、フロギストンは重い。それ以外に言うことはない』

『まあ、アンデルス』とフランシーネは言った。『あなたはご存じないようだから、教えて差し上げるわ。私は飛べるの。あるいはほとんど飛べるのよ。バレエ団の団長バッソ老人がよく私に言っていたものだわ。〈他の娘たちはムチで叩かないと飛ばないが、おまえは両脚に石を二つくくりつけておかないとわしの下から飛び去ってしまうことだろう〉って』」

カレン・ブリクセンの物語の中で、均衡がとれるのは、男女二人の間に不均衡がある場合であるように思えます。『詩人』ではアンデルスの重さとフランシーネの軽さ、『指輪』ではリーセの無垢《むく》さと羊泥棒の黒い罪との間に、それが見られます。こういったせめぎ合いの中で、破壊的かつ創造的な不協和音が生じます。『ピサへの道』という物語の中で、若き男爵アウグストス・フォン・シンメルマンは、この対立を嘆き、それを原罪の問題へと回帰させせます。

「ある女性から幾度となく言われてきました。私が彼女を不幸にしたと。私が彼女を幸福にしようと最善を尽くす最中、彼女は自分も私も死んだらいいと願うのです。アダムとイヴが（中略）エデンの園で初めて出会ったのはもう随分昔のことなのに、男女はまだ互いを心地よくする術を知らないのですね」

男女の間に起こる基本的な不一致は悲劇的で不可避であると同時に、流動的でもあります。

この特徴はブリクセンの物語に一貫して見られ、リーセとシギスムン／コンラッドの関係にも見てとれます。リーセはシギスムン／コンラッドの実利性に情熱で向き合い、シギスムン／コンラッドはさらに実利的に応えます。リーセは再び情熱で応え、彼女は地面のくぼみに帽子を落とし、髪を振り乱し、彼を残して森へ行ってしまいます。楽園の理想像は崩壊し、リーセは夫から離れて、ひっそりとした静かな景色の中を進んでいきます。シギスムン／コンラッドが後を追ってこれるよう、彼女は羊小屋の男たちから隠れて森の中に身を隠すことを決意します。数日前に小さな飼い犬のビジョウと散歩した時に見つけた空き地のことを思い出しました。その日、彼女はビジョウを家に置いてきました。犬は伝統的に忠誠心の象徴とされていて、《ビジョウ》は宝石という意味でしたが、この文脈では徳という意味もありました。リーセは秘密めいた神聖なベッドのような林間の空き地へと向かいました。この「金緑の飾りのついたアルコーヴ」を彼女は心の「王国」と感じていました。森の神殿に一人で進むのは容易ではありませんでしたが、彼女は躊躇せず柔らかく湿った地面を音もなく進み、自身の唇をハンカチで覆いました。林間の空き地に足を踏み入れると同時に彼女は自分のドレスの裾を踏んでしまいました。屈んでそれを外そうとし、立ち上がると、目の前に羊泥棒の顔が見えました。羊泥棒は武器を持っていましたが、傷を負ってもいました。彼は恐ろしい人で危険でしたが、同時にもろく無防備でもありました。

　リーセと羊泥棒は、パントマイムのような完全な沈黙の中で、時間と空間を越えて出会いました。互いから目をそらすことなく。リーセは森の中のアルコーヴが野生動物の巣に変わっていることに気づきました。森底は踏み固められ、夜泊まれるように地面に袋が置かれ、動物にかじられた骨や黒い灰、燃えかすが散乱していました。羊泥棒は様々な点でリーセとは対照的でした。彼女が畑の羊のような純潔さ、無垢《むく》さを備えているのに対し、彼は汚れていて、殺人の罪を犯し、オオカミのようでした。しかしリーセは、互いに補い合う形が成り立っていることに気づきます。彼女が羊泥棒を「死を目撃する黒い影」と見る一方で、彼は彼女を「死を十分に意味することのできる白い服を着た影」と見なしていました。彼らの出会いは、羊泥棒がリーセの首元にナイフを突きつけている次の描写のように悪魔的であると同時に攻撃的で、ひどくエロチックでした。

「その仕草は狂気じみていて理解不能なものだった。そのようにする時、笑うどころか、鼻孔と口角を震わせていた。少しするとおもむろに手を元に戻し、ベルトの鞘《さや》にナイフを収めた」

羊泥棒と遭遇したリーセは、自分が身を守れる唯一のものだと思っている結婚指輪をとり出しました。これは『指輪』の物語の重要な場面です。

「彼女は命乞いすることも、命を張ることもしなかった。恐れを知らない性質の彼女が、彼に感じていた恐怖は、彼にどんな目に遭わされるのかという思考と関係がなかった。彼女は彼に命じ、手にした指輪に呪いをかけた。彼が視界に現れたように消えるように。彼女の人生から恐怖や苦痛を消し、二度とそれらの感情が芽生えませんように、と。この無言の仕草の中で白い服に身を包んだ若き姿は、神聖なシンボルによって、悪の魂を人間世界から暗闇へと追い払う牧師と見まがうほどの真剣みと威厳に満ちていた。彼が彼女にゆっくりと手を差し出すと、指先と指先が触れた。しかし彼女の指は触れられても震えはしなかった」

『指輪』の物語全体が、単純で力強い描写に集約されています。この描写では、ブリクセンの文章に繰り返し登場するテーマが扱われています。『詩人』では、法律顧問と婚約している若きバレリーナ、フランシーネが、詩人アンデルス・クベとの出会いにより罪を犯します。

「フランシーネはメディチ家のヴィーナス像の一番下の手を少し引っ張ると、まるでその手の重さに耐えているかのようにゆっくりとアンデルスの方へと差し出した。アンデルスは自分の手を伸ばし、彼女の指先に触れた。それは、ミケランジェロの『アダムの創造』における神の動きと全く同じであり、若いアダムに命を吹きこむ仕草そのものだった。そのような高度な古典的芸術が、この夏の夜の『自由』な家庭菜園で多様に再現されていた」

『指輪』の中での描写はより繊細で、『詩人』での描写はより滑稽ですが、対比は明瞭です。羊泥棒と出会ったリーセの指先が、ミケランジェロの『アダムの創造』を模倣しています。ミケランジェロの絵は、羊泥棒との出会いがリーセの「悪なる魂」との出会いだけでなく、自身の創造者との出会いであることを示しています。この矛盾する描写は、原罪と創造、「悪」と神との間を接続詞でつなぎます。『詩人』でも『指輪』でも、この矛盾した描写が転換点であることは明白です。ミケランジェロの瞬間の後、「すべてが変わった」のです。さらにエロチックな描写では、羊泥棒が慎重にリーセのハンカチを持ち上げ、血のついたナイフの周りにそのハンカチを巻いています。ナイフは繰り返し鞘《さや》に収められ、その行為の間、羊泥棒の顔が「不思議な滝のきらめき」で輝きはじめます。光と影は陰と陽のように互いに織り合わされ、彼女の中の白が彼の一部となり、彼の中の黒が彼女の一部となるのです。

するとと羊泥棒が目を閉じ、リーセはこの中に「決定と終わり」があると感じます。この一つの動きの中で彼は、彼女が彼に誓ったことをしました。それは彼が消去され、消えてしまうことでした。彼女は自由でした。羊泥棒との出会いは、リーセのエロチシズム、死、創造との出会いでもありました。黙ったままのエロチックなパントマイムを通して、リーセは解放され、自由になりましたが、この出来事は彼女を物語の枠内では解決できない存在のジレンマに陥らせました。羊泥棒が目を閉じた時、リーセは黙って光明を離れ家に戻りました。少しすると、シギスムン／コンラッドが小道に現れました。彼が彼女に追いつき羊について話す中、リーセは自身の心の中で「すべてが終わった」と考えました。シギスムン／コンラッドは彼女の沈黙を不思議に思い、彼女は自分が指輪をなくしたと告げます。シギスムン／コンラッドはそれを気にせず、新しい指輪を買えばいいと言いました。しかし、リーセは自分がなくしたのは指輪だけではないと感じます。彼女は「貧困と無秩序と完全な放置」に祈りを捧《ささ》げました。世界全体の罪と悲しみに。彼女はシギスムン／コンラッドに何も言いませんでした。彼は彼女をなだめようとして尋ねました。「どこでなくしたのか分かるかい？」。「いいえ」と彼女は答えました。「全然分からない」と。

ここで『指輪』は終わります。このオープン・エンディングにより、この物語に美しさと巧みさが加えられ、読者自身が意味を解釈する余地を与えています。『指輪』は物語の大部分が完全な沈黙の中で展開されている点が独特です。物語の中で、台詞《せりふ》があるのは二箇所だけで、そのうち一つは、シギスムン／コンラッドが最初で最後の言葉を述べた原罪の前で、もう一つは、原罪の後の物語の終盤です。しかし、『指輪』の中で制約されているのは言葉だけではありません。リーセが散歩に出かけた際、すべての音が消え、代わりに、静寂が強調されます。「彼女の周りの風景は、予言に満ちているかのように、ひどく静かだった」、「彼女はほんのわずかな音も立てないように細心の注意を払った」、「彼女の軽い足どりは、完全に音を失っていた」、「この出会いは最初から最後まで、完全に無言で、言葉一つ発しなかった」、「その様子はパントマイムでしか表現できなかった」。沈黙を破る唯一の音は、羊飼いのマティアスが遠くで犬を呼ぶ声だけでしたが、この音は、リーセが自分の夫やマティアスを呼ばないことを選ぶ中で、沈黙をさらに強調するかのようです。羊泥棒もまた無言で、リーセと同じ静寂の世界にいました。リーセが彼の目を通して自分を見ると、それはゆっくりと音もなく近づく白い服を着た人物でした。二人は互いの動きを目で追い合い、羊泥棒が目を閉じると、リーセはやって来た時と同じく音もなく去っていきました。森の縁で「彼女が静かに立っている」と、シギスムン／コンラッドが陽気に「おおい」と叫び、少し後に「彼女が全く無言で」、「彼女の顔があまりにも静かなので、彼は彼女に自分の声が届いたのかどうか分からなかった」とあります。

オーウ・ヘンリクセンは『カレン・ブリクセンとマリオネットたち』の中で、カレン・ブリクセンの作家性に潜むマリオネット劇を強調し、『詩人』の中でフロギストンに触れてバレエを強調しています。しかし、『指輪』を見ると、パントマイムがより適切な表現であるように思えます。『指輪』では、羊泥棒との時間を超えた出会いの中でパントマイムが明確に示され、物語全体を特徴づけるのは沈黙の中の象徴です。これが劇的でないように聞こえるかもしれませんが、読者は実際に逆の体験をします――沈黙が『指輪』の中のドラマを強調するのです。『空白のページ』の中で、語り手は物語の高貴さの証として「物語る沈黙」を強調しています。『指輪』では、私たちは具体的に、ブリクセンの意図通りの体験をします。それは沈黙によって、魂の奥深くに触れる濃密なドラマを作り出すことです。

カレン・ブリクセンの物語の多くは、アメリカの雑誌『女性の家ジャーナル』に掲載されました。インタビューでブリクセン自身は冗談めかして、自分のアメリカの出版社に「イサク・ディネセンの難解な物語をこの雑誌に掲載できたら、煙草《たばこ》一箱をあげる」と言ったと語っています。

最初の物語『悲しみの畑』は一九四三年五月に掲載され、次に『バベットの晩餐会』が一九五〇年六月に、続いて『指輪』が一九五〇年七月に、"*The Ghost Horses*"（おばけの馬）が一九五一年十月に、『不滅の物語』が一九五三年二月に、"*The Cloak*"（クローク）が一九五五年五月に、"*The Caryatids: An Unfinished Gothic Tale*"（カリアティード：未完のゴシック物語）が一九五七年十一月に、"*The Blue Eyes*"（青い瞳）が一九六〇年一月に、"*A Country Tale*"（田舎の物語）が一九六〇年三月に、そして最後に一九六二年十二月にカレン・ブリクセンの最後の物語『エーレンガート』の短縮版 "*The Secret of Rosenbad*"（ローゼンバッドの秘密）が掲載されました。

これらの物語の多くは後に映像化されました。伝説的映画監督オーソン・ウェルズは一九六八年に『不滅の物語』を監督し、自ら主人公のクレイ氏を演じました。一九八二年にはイタリアの監督エミディオ・グレコが『エーレンガート』を映画化し、一九八七年にはオーウ・ヘンリクセンの息子モーテン・ヘンリクセンが『悲しみの畑』を映画化しました。クリストファー・ニーホルムは一九八八年に『指輪』をテレビドラマ化し、同年ガブリエル・アクセル監督は『バベットの晩餐会』の映画化でアカデミー賞外国語映画賞を受賞しました。

第十四章　ストーリーテラーの最期の旅

カレン・ブリクセンは晩年、病に伏し、自分で本を書けなくなっていました。彼女は代わりに、アフリカからともに旅をしてきたコロナ社の携帯用タイプライターでクララ・スヴェンセンに口述筆記をしてもらっていました。『最後の物語』と『運命の逸話』は、この方法で生み出されました。カレン・ブリクセンは入退院を絶えず繰り返していたため、この作業は容易ではありませんでした。体重がわずか三十五キロしかなくなったこの頃の彼女の写真を見ると、生きていたことが信じられないほどでした。

それでも、この時期はカレン・ブリクセンの人生で最も幸福で生産的な時期だったと言われています。彼女はこの時期を「自身の第五の時代」と呼び、若さのみがこの最後の時間に匹敵すると考えていました。体は衰えようと、心はエネルギッシュで、ほとんど狂信的なまでの熱意を持って病に抗《あらが》いました。彼女はこの時期に作家として花開いただけではなく、他にも三つの人生の大きな夢を実現させました。

一つ目の夢はロングステズロンを今だけでなく、将来にもわたり守ることでした。一九五五年から家族はその家の将来について議論していました。カレン・ブリクセンはロングステズロンをどうしても残したいと望んでいましたが、その家を所有していなかったため、まるで負け犬の遠吠《とおぼ》えのように思えました。兄弟姉妹は母親の死後、彼女が家に住み続けるのを許していましたが、実際にはロングステズロンは彼らの共有財産でした。一九五八年にようやく、カレン・ブリクセンは遺産の分配を交渉でとりまとめました。きょうだいの多くは彼女に自分の遺産相続分を寄附することを選びましたが、ただ一人だけは彼女に買いとらせました。

彼女の目的は、現代的な快適さを欠いたその古い家を改装することでした。ロングステズロンでは一九六〇年まで、アールリッドの時代から営まれていたような生活が続けられていました。その意味でその家は持ち主に似ていました。古い家の骨組みは健全でも、その他の部分は老朽化していました。あちこちの隙間《すきま》やひび割れから風が入りこみ、水道も暖房もありませんでした。言い換えれば「職人求む」の状態で、愛のこもった手が必要でした。幸いにも、カレン・ブリクセンには多くの貴族の友人がいて、彼らは荘園を修復し、セントラルヒーティングを導入する手助けをしてくれました。彼らは喜んで古い暖炉をロングステズロンに送ってくれたため、今でも家のすべての部屋に同じ種類の暖炉があり、統一感があります。例えば、大きな部屋には小鳥が暖炉の上にとまっているような奇妙なディテールが見られます。鳥は彼女の物語で大きな役割を果たしており、究極の幸福は物語の中でしばしば重力のない状態や飛行と結びつけられています。彼女自身もデニス・フィンチ・ハットンとサヴァンナを飛んだ時のように、毎年鳥が渡りから戻ってくるのを楽しみにしていました。カレン・ブリクセン自身が年老いた渡り鳥であり、春にヨーロッパヨシキリやタイリクハクセキレイやマダラヒタキが戻ってくると、アフリカからの小さな無言のさえずりを送られたかのように感じていました。

ロングステズロンはエキセントリックな家でしたし、今もそうです。そして、その点でも所有者であるカレン・ブリクセンと似ています。訪れた人が最初に驚くのは、居間にある非常に長いカーテンです。そのカーテンは床まで届くだけでなく、その先一メートルほども床の上を波打っています。ある逸話によると、このカーテンもカレン・ブリクセンの金銭的な困窮が原因で、彼女の裕福な友人たちから寄附されたものでした。カーテンが長かったのは荘園や古い屋敷では天井がロングステズロンの古い部屋よりもずっと高いためで、カレン・ブリクセンはそのカーテンをそのまま吊した、と言われています。

しかし、この話は単なる逸話に過ぎないとも言われています。より真実に近い説明としては、インゲボー・ディネセンがロングステズロンの主婦となった時代、長いカーテンが流行の最先端であり、カレンはその伝統を守ったというものです。

これらの奇妙な物事すべては、カレン・ブリクセンが保存したいと望んだものでした。そのため、現代化の作業は誰にでも任せられるわけではありませんでした。この慎重な修復の栄誉を担ったのは、友人であり花の写真家で建築科教授でもあったステーン・アイラー・ラスムッセンでした。この責務を彼は一九六〇年に完了させ、カレン・ブリクセンを大いに満足させました。今では、かつてイーヴァルが座り、詩を書いた古い宿屋は、セントラルヒーティングや水道、そしてよく機能する電気設備など現代の奇跡がもたらされた新たな時代を迎えました。

ブリクセンのもう一つの夢は、家の周りの三十トゥンダー・ランド（およそ五・五ヘクタール）の森全体を保護し、古い木々を切り倒してイボタノキの生け垣に変えたいと考える家主たちに売却されないようにすることでした。彼女の願いは、公園が彼女の死後も公的に利用可能な鳥類保護区として機能し、鳥類学者たちが自由にロングステズロンを訪れられるようにすることでした。これを実現するためには、巣箱を設置し、鳥たちのための特別な植物を植える必要がありました。

家の修繕にも公園を鳥類保護区にするプロセスにも、非常に高額な費用が必要でした。カレン・ブリクセンは『最後の物語』と『運命の逸話』でかなりの額を稼いでいましたが、それでもこれらの出費を賄うには十分ではありませんでした。そこで、一九五八年七月六日に、ロングステズロンについて非常に美しいラジオ演説を行った後、すべてのデンマーク人に、彼女が設立した基金に一人一クローネを寄附するよう呼びかけました。彼女自身も、自身の全著作を財団に寄附し、以降財団が著作から生じるすべての収入を受けとれるようにしました。この天才的なとり組みは、期待以上の結末をもたらしました。八万五千人のデンマーク人がその後数日以内に郵便局に行き、一クローネを寄附する選択をしました——これによりロングステズロンの未来は保証されたのです。

カレン・ブリクセンが一九五九年に叶《かな》えた三つ目の人生の夢は、彼女の最後の大旅行でした。一九三四年以来、彼女はアメリカに旅し、最初に彼女の本を受け入れてくれたその国の読者と会いたいと夢見ていました。信じられないことに、この計画はこれまで一度も成功したことがありませんでしたが、一九五八年の終わりのある日、彼女は自身の出版社に電話をかけました。

「ねえ、リンドハルト取締役。あなたはニューヨークにたくさんのコネクションがありますよね。私がアメリカに行けるよう、手配してくれませんか？」

オットー・B・リンドハルトはアメリカに実に豊富な人脈がありました。彼自身、若い書店員だった頃にアメリカに滞在し、偉大な匠《たくみ》から出版の技術を学んだ経験があったのです。彼はアメリカの出版社や作家たちと緊密に連絡をとり続けていました。しかし、リンドハルトが最初に電話をかけたのは、ブリクセンの主治医のプリップ医師でした。リンドハルトは医師に一番の心配事は何かと尋ねました。ブリクセンが旅行中に亡くなる可能性はあるのかと。プリップ医師は、彼女自身がその可能性をすでに考慮していると述べました。彼女はもう長くないだろうと医師は言いました。

カレン・ブリクセンのアメリカツアーは三カ月半続き、関係者全員にとって見事な偉業となりました。彼女は、ほとんど固形物を摂取できなくなっていたため、牡蠣《かき》とシャンパンを主食としていました。それでもほぼ毎日のように講演や番組出演など予定が目白押しでした。彼女は個人のサロンやアメリカのテレビに出演し、ブリタニカ百科事典の映像資料の収録に応じ、ルネ・ブーシェに肖像画を描いてもらい、セシル・ビートン、リチャード・アヴェドン、カール・ヴァン・ヴェクテンといった著名な写真家たちの被写体となりました。彼女はラドクリフ・カレッジ、ブランダイス大学、フォルガー・ライブラリー、アメリカ芸術科学アカデミー、ポエトリーセンター、現代アート研究所など、数多くの場所でインタビューを受けたり、原稿なしに物語を語ったり、カクテルパーティーに参加しました。また、彼女は自身のホテルの部屋に多くの著名なゲストを迎え、アメリカの出版社とも初めて対面しました。オットー・B・リンドハルトは回顧録の中で、カレン・ブリクセンの限りなく高いプロフェッショナリズムに驚嘆したことを記しています。彼女が物語を語る際には、即興と思われる一つ一つの動作、休憩、手の動きが緻密に計画されており、彼女はそれらをメトロノームのような正確さで毎晩繰り返していました。

カレン・ブリクセンはさらにもう一度アメリカ人を魅了しました。それは死地から戻ってきたかのような声でした。多くのアメリカ人は三〇年代の「イサク（アイザック）・ディネ（ー）セン」を知っていました――『七つのゴシック物語』や『アフリカの日々』（*Out of Africa*）――または戦時中に『冬の物語』がかなりの部数、刷られ、アメリカ軍の標準装備の一部として兵士たちに配給されたり、*"The Angelic Avengers"*（邦訳は『復讐には天使のほほえみを』アイザック・ディネーセン著、横山貞子訳、晶文社、一九八一年、デンマーク語題は『報いの道』）がベストセラーになったりしました。ミイラのようなその姿から、過去の声が突然生き生きと蘇《よみがえ》り、特徴的な声で新しい物語を語る姿は、類を見ない話題となりました。カレン・ブリクセンは時の人に返り咲いたのです。

この旅のハイライトは、アメリカのスターとの歴史的な出会いでした。それは『お熱いのがお好き』の撮影を終えたばかりで、当時、左翼のユダヤ系アメリカ人劇作家アーサー・ミラーと婚姻中の女優マリリン・モンローでした。ブリクセンとモンローは作家カーソン・マカラーズの家で昼食をともにし、この年の最も象徴的な写真の機会となりました。年配の神秘的なストーリーテラーと若い魅惑的な女性が乾杯する姿。二人の有名女性の写真は世界中で話題となり、アメリカの雑誌『ライフ』とデンマークの雑誌『見て、聞いて』の両方の表紙を飾りました。

しかし、コスモポリタンクラブ出演後、事態は悪化しました。カレン・ブリクセンは馬も死にかねないほどの速さで、百日以上も活動し続けました。医師たちは、この偉業の背後にある秘密の一つが、アンフェタミンの過剰摂取であると断定しました。カレン・ブリクセンは一週間の入院後、再び社交生活に復帰しましたが、彼女のことを心配していたクラーラ・スヴェンセンからストップがかかり、ブリクセンは四月十七日の七十四歳の誕生日に不本意ながらデンマーク行きの飛行機に乗らなければなりませんでした。その後彼女はさらにしばらくの間、ホテル生活を続けました。ステーン・アイラー・ラスムッセンがロングステズロンの徹底的な改修をはじめたところでした。

アメリカ訪問によりカレン・ブリクセンはスターとしての地位を再び確立しました――『最後の物語』も『運命の逸話』も《今月の本》に選ばれませんでしたが、アメリカ訪問時に語った物語で、次作『草原に落ちる影』は、《今月の本》に選ばれました。

第十五章　草原に落ちる影

カレン・ブリクセンの文章を読んでいると、先を読み進めることがほとんどできなくなるような麻痺《まひ》状態《じょうたい》に何度か陥ります。特に彼女がいわゆる「人種」について話す時がそうです。カレン・ブリクセンが黒人と白人を二つの異なる人種として話すのは、気まずい体験です。その話題について語る彼女は、読者の目に器が小さく、塵《ちり》のようにちっぽけな人間性しか備えていない人物に映ることでしょう。そこを歩いているのは本当に偉大な人なのかと、読者を戸惑わせるのです。彼女はどうして自分自身と、友人と彼女が呼ぶ者たちとの間に、それほどまでに厳しい境界線を引いたのでしょう？　アパルトヘイト体制下で、白人と黒人の違いを強調していた彼女は実際のところ、どちら側についていたのでしょうか？　このような疑念が生まれた時の最良の助言は、「耐えろ。我慢しろ。失望してはならない。この年老いた女性はあなたが全く期待しない時にふと塵《ちり》の中から立ち上がるであろう」というものです。『草原に落ちる影』を最後まで読んだ時に感じるのは、そんなところでしょう。

この本はしばしば見過ごされ、多くの人に『アフリカの日々』のほんのエピローグと見なされ、一番よい時は私たちが別れの言葉を言う前の心地よい再会として、最悪の場合は、作家の作品群の単なるおまけと見なされます。

この短編集は『ファラー』、『王様の手紙』、『大いなる仕草』、『山のこだま』の四つの物語で成り立っています。物語が四つの独立した物語として書かれ、『運命の逸話』や『最後の物語』の大半の物語のように、これらのうちの大半の題材が過去に様々な文脈で使われてきたにもかかわらず、『草原に落ちる影』では、一冊の同じ本の四章として展開されます。そのような観点から、小さな文章の集まりが、コンパクトで情熱的な独立した作品になりました。その結末には、「究極的な結果がもたらされる集合的なアイデア」をはらんだ作家の類い稀《まれ》なる運命が投影されていました。『草原に落ちる影』で繰り広げられるアイデアは、情熱と癒《い》やしでした。

最初の『ファラー』という物語は、タイトルが示す通り、ソマリア人の召し使いの人物像を描いたもので、背景にはイスラム教の信条の魅惑的な描写もあります。『ファラー』は元々、『戦争中の国からの手紙』が初めて印刷されたのとほぼ同時期の一九五〇年に発表されました。それでもこれら二つの文章は非常に異なっています。

まるでブリクセンが二つの声で話しているかのようです。『戦争中の国からの手紙』でイスラムがナチズムと比較されています――イスラム教徒が神を持つただ一つの和解的な特徴として。『ファラー』のトーンは非常に異なっています。「私はイスラムという言葉自体は、《献身》という意味だと聞いたことがある」とブリクセンは書いています。そして次のように続けます。

「預言者は征服や苦痛には同意せず、魅了されることに同意するのだ。彼の無学な信者たちを通して私が知るところによると、彼の布教には非常に官能的な要素が含まれていた。『私は高貴な香りや香の煙や香料を愛する』と預言者は言った。『しかし、私は女性の神聖さをより愛する。私は女性の神聖さを愛するが、祈りの神聖さをさらにより愛する』。キリスト教の多くの現代的な形式とは対照的に、イスラムは人間に対する神の行いを正当化することに寄与しない。イスラムでは《イエス》は無条件のものなのだ。愛する人は、愛される人の価値を一般市民の指標で測ったりはしないが、愛される人は一般市民を自身の存在にとりこみ、人生の暗部や危険な力をもとりこみ、それらを甘美さに満ちたものとするのだ。『汝《なんじ》の唇には魔術が宿っている！　汝《なんじ》の視線には深淵《しんえん》がある！』。男が欲望を感じるのは、愛してよいという許しであり、男が渇望する至福は、愛が報われたと知ることだ」

ナチズムは『草原に落ちる影』の別の箇所で、無愛想で愛のない、「理解不能で不安を引き起こす福音、暗くて貫けない千年王国」として描かれています。ブリクセンは、どうしてある文章でナチズムとイスラム教を比較し、別の文章で対照的に描くことができたのでしょうか？恐らく、『草原に落ちる影』でのイスラム教への彼女のアプローチは、信仰心の厚い人物であるファラーを通したものであったのに対し、『戦争中の国からの手紙』で、彼女はイスラム教を六世紀の政治的、軍事的な運動として扱っていたからでしょう。

ファラーの目を通して、彼女はナチズムとイスラム教の大きな相違が信仰だけでなく愛にあると読者に示しています。「たとえ人間の言葉や天使の言葉を話せても、愛がなければ、私は鳴り響く銅鑼《どら》や響く鈴に過ぎない」とパウロがコリント人への手紙で書いたように。

私たちはファラーの若く美しい妻の描写や、夫が妻に美しいものを与えるべきだと主張する法典『ミンハジ・エ・タリビン』を通して、イスラム教の愛のあり方を知れます。ブリクセンは、その規定の一部に「もし話が異常に美しい女性に関するものであるなら、法律学者たちは完全に一致せず、個別に検討する必要があるかもしれない」と記されていることをメモし、「非常に真剣な本が女性の美を人生の資産と見なしている」ことを面白いと述べています。

ブリクセンはファラーの信仰を恐れを知らぬ崇高で官能的な命への肯定と捉えましたが、ヨーロッパ人の目にはそれが乾いた宿命論と映ることも理解していました。ブリクセンが荒野で三週間狩りをしても獲物を仕留められなかった時、ファラーが唯一言ったのは、「神は偉大だ」だけでした。ファラーのラクダの群れが干ばつで死んだ時、彼が唯一言ったのは「神は偉大だ」のみで、デニス・フィンチ・ハットンがンゴング丘で亡くなった際も、彼の唯一の言葉は「神は偉大だ」でした。しかし、ブリクセンは、「アッラーは最も偉大なり」（Allahu akbar）という言葉に含まれる宿命論が、非人間的な無関心の表現ではなく、運命の摂理や他者に対する真の寛容さと深く広い心を示しているとしています。

ファラーの物語の中心には、どうしたら精神を健康に保てるかを示す非常に美しい物語があります。ブリクセンはアフリカから帰国後、デニスの兄であるウィンチルシー伯爵のもとに滞在し、そこで出会った画家からある話を聞きました。その画家は第一次世界大戦の退役軍人でした。彼の世代の多くの若者と同様、世界大戦は彼の体を震えさせるだけでなく、心を壊しもしました。そのような苦しみは《戦争神経症《シェルショック》》と呼ばれるものでしたが、自分自身で苦しみに名前をつけはしませんでした。彼は戦後、どうしても平穏を見出せず、常に自分がしていることが間違っているのではないかという恐怖に駆られていました。絵を描いている時には、銀行業務をしなくてはならないのではないかと感じ、銀行業務をしている時には散歩に行く必要があると感じ、散歩に行くと家で絵を描くべきだと思いました。「私は常に逃げていました」と彼はブリクセンに語りました。「どこにいても国を失っていました」

彼の癒《い》やしは、その苦しみと同じく神秘的でした。ある日、彼はモロッコの小さな村にやってきました。その村には特に変わったところはありませんでしたが、一つだけ特別な点がありました。それは、信じられないほどたくさんコウノトリがいたことです。村のすべての屋根にコウノトリの巣がありました。画家が村の門を通ると、彼は長らく感じていなかった平穏に満たされました。彼の体全体が平和を感じ、彼はもはや逃亡者ではなく、自分の居場所を見つけたと感じました。彼は村に数週間滞在し、その間ずっと幸福感が続きました。彼は心の平和を手に入れました。しかし、彼がなぜそう感じたのか理解できないままでした。ある年配の司祭が彼に会いに来るまでは。

その司祭は、自分の父親から聞いた話を彼に伝えました。彼がまだ少年だった頃、村で奇妙なことが起きました。村の門の下で、預言者ムハンマドとイエス・キリストが会い、人々をどう助けるかについて話し合ったのです。村の住民たちは距離を置いて見守っていましたが、二人の言葉を聞き分けることはできませんでした。しかし、ムハンマドが膝を打ってイエスに自分の考えを説明し、イエスが手を挙げて応答する姿を見ました。二人は暗くなるまで話し続け、村の人々はもはや彼らを見失いました。翌朝、二人は姿を消していました。それ以来、村は心の安らぎを求める魂に平和を与える場所となったのだと、司祭は語りました。

ブリクセンはこの話を《ムハンマド教徒》の寛容さを示す例として紹介しています。彼女は同様の話をして、自分のキリスト教信仰をムハンマドと対話させるプロテスタントの司祭を見つけることは難しいだろうと述べています。

しかし、この物語のテーマは癒《い》やしでもあります。次話の『王様の手紙』(第二章『画家としてのカレン・ブリクセン』参照)には、ブリクセンがデンマーク王の手紙の助けを借りて、傷ついたキクユ族の苦しみをどう和らげたかが書かれています。その手紙は後に農場の聖遺物となり、最大の危機に際して、死にゆく者の恐怖を和らげるため、あるいは苦しむ者の痛みをとり去るためにのみとり出されるようになりました。

　三つ目の物語『大いなる仕草』では、同じテーマを引き続き扱い、さらに深めます。読者は再びブリクセンの農場のベランダにある病室に舞い戻ります。ブリクセンは黒死病《ペスト》とコレラの治療にどう文字通り奮闘したかを描いています。彼女は、自分の知識不足による奇妙な結果や、大きな過ちについても書いています。特に、若いマサイ族の戦士サンドアがマラリアの治療薬の代わりに、消毒用の洗浄液を誤って与えられたために危うく命を落としかけたことについて述べています。その夜、彼女はサンドアのことを見守り続けました。

　物語の題名にもなっている『大いなる仕草』は、ブリクセンが旅立つ少し前に付けられました。彼女は、もはや農場を維持できず、それを手放さなければならないと知っていました。これにより、彼女のベランダにある小さな「病院」も閉鎖されることになります。キクユ族は病院や定期的な薬の服用に深い疑念を抱いており、ブリクセンは彼らが約束した診察に現れないことにしばしばフラストレーションを感じていました。特に、足に大きな火傷《やけど》を負っている少年ワウェッルが薬を服用しないことに彼女は悩まされていました。ブリクセンは新しい火傷《やけど》用の軟膏《なんこう》を手に入れ、自分でキクユ族の村に行き、少年を見つけることに決めました。しかし、足が動かないにもかかわらず、少年は抵抗し、四つん這《ば》いで逃げようとしました。ブリクセンは馬に乗り、ワウェッルは四つん這《ば》いで、羊やヤギ、年老いた女性たちの間を駆け回り、激しい追跡劇が繰り広げられました。最終的にブリクセンは少年を暗い小屋の隅に追いこみました。目が暗闇に慣れると、彼女は家族全員が少年の周りに座っているのを見ました。彼の足は牛糞《ぎゅうふん》で覆われていました。ブリクセンはこれを優れた薬だと認めましたが、この状況に圧倒され、無力感に襲われ、キクユ族の人々が驚く中、涙を流しはじめました。彼らは彼女が泣く姿をこれまで見たことがありませんでした。そこには、牛糞《ぎゅうふん》まみれの少年と暗い小屋の中で涙を流す男爵夫人が立っていました。

翌日、何かが起きる予兆をブリクセンは肌で感じていました。農場でこれまでに何度も経験してきたように、この感情は無から生じるものではないと彼女は知っていました。そしてその通り、翌朝早く、多くの原住民がベランダに黙って立っていました。ブリクセンは恐怖を感じました。彼女はその時初めて彼らを「黒人」と認識したと書いています。突然、彼女は一人で立っていることに気づき、戸口には無言のまま立つ多くの原住民がいました。すると、一人の年老いた女性が前に出てきました。彼女は打撲した腕を差し出し、助けを求めました。次に、別の小さな傷を負った人が続きました。そしてまた次も。村の全員がそれぞれの傷病を持ち寄り、彼女を慰め、涙を拭うために来ていました。これ以上の大きな仕草はありませんでした。

四つ目の最後の物語『山のこだま』には、夢とファンタジーについて書かれていますが、そこから現実へ移っていきます。物語は悲しみと希望の間で輝きを放っています。

ブリクセンは一度も悪夢を見たことがなかったと書いています。彼女の夢は、最も恐ろしいものでも「軽い酩酊《めいてい》状態」のように明るいものであり、「限りなく黒い龍《りゅう》が突然味方になる」ようなものです。彼女は、夢の本質について魔法のような魅力的な描写をしています。その後、物語の場面はデンマークに移り、現実が悪夢に変わります。ブリクセンはアフリカの記憶がゆっくりと痛ましいほどに消えていくのに抗《あらが》います。かつて知っていた人々の名前が音に変わり、《ンゴング》は住所になります。彼女はアフリカで死に、そこで休むことを望んでいました。

彼女の思考は再び過去へと向かい、ファラーの弟アブダッラーが彼女に誤ってヒ素を与えそうになった話を語ります（このエピソードは、第二章『画家としてのカレン・ブリクセン』で描かれています）。物語は最初の『草原に落ちる影』からファラーへと進み、彼の弟アブダッラーに至り、農場での生活の中心人物として彼ら二人が描かれています。同時に、物語は癒《い》やしのテーマをとり上げています。戦争で負傷した画家の心の癒《い》やしからはじまり、ベランダの失敗した病院やブリクセンの悲しみをキクユ族が癒《い》やすまで、様々な癒《い》やしの形が描かれています。彼女はデュマからインスピレーションを受けて、ヒ素中毒の後に卵白と牛乳で命をとり留めたのです。

その後、『山のこだま』は短い伝記的なスケッチ、つまり芸術家の自画像へと発展します。彼女は興味深いことに、ブリクセンは再び『報いの道』とその戦時中の制作過程に戻ります。彼女はその時期にアフリカの人々と常に一緒にいたと書いています。「私は彼らを手放せませんでした。彼らが私から逃げ出して、無に帰してしまうことがないように」と。彼女のアフリカの友人たちは、彼女の前に奇妙な姿で現れるようになりました。例えば、カマンテは小さな象やコウモリに、ファラーはヒョウに、シルンガはジャッカルに変わって現れます。アフリカの声は彼女の絶望の中で彼女に届き、夢と現実の区別が難しくなっていきます。このパッセージは世界大戦に関するものですが、非常に強く個人的で存在論的な象徴が含まれているため、読者は世界大戦がカレン・ブリクセン自身の心の中での闘いを描くための枠組みとして機能しているように感じます。彼女の夢の中の動物たちは彼女に警告するために来たのでしょうか？　それとも彼女を悩ませるため？　守るため？　それとも癒《い》やすため？　物語に明確な答えはほとんど見られません。

デンマークの解放は彼女自身の解放と重なります。ブリクセンは「私の古い友人たちについての情報を得るために、箱舟からハトを南東に」送りました。そして彼女は夜の幻影ではなく、本物の手紙という形で答えを得ました。何度もブリクセンは彼女のアフリカの古い友人たちと会ったことがあり、彼らからの挨拶を伝えてきたイギリス人やデンマーク人からのメッセージを受けとりました。デンマークの新聞編集者もカマンテを見つけることに成功しました。彼はほとんど盲目になっていましたが、自分の牛の輪郭を「湯の中で煮えたぎるジャガイモのように」見られることを喜んでいました。さらに、デンマークの新聞編集者が戸口に現れたことに驚いていませんでした。それを世界で最も自然なことだと捉えていました。カマンテはマウマウの反乱に参加したため、政治犯として収監されていました。

今のデンマークにマウマウの反乱を覚えている人は多くありませんが、アフリカでは忘れられていません。マウマウの反乱は一九五二年から一九五七年まで続きました。ケニアの中央高地での不公正で人種差別的な土地分配に、ついに耐えきれなくなった本来は平和的なキクユ族が、イギリスの植民地支配に対して武装蜂起しました。反乱は厳しく鎮圧され、カマンテは運よく生き延びましたが、彼の同胞の多くはそれほど幸運ではありませんでした。数字にはばらつきがありますが、歴史家たちは、数万、場合によっては十万近いキクユ族が《イギリスのグラーグ》と呼ばれる出来事で命を落としたと考えています。それでもマウマウの反乱は無駄ではありませんでした。これは、カレン・ブリクセンの死の翌年である一九六三年に達成されたケニアの独立への第一歩でした。マウマウの反乱の参加者の一人には、バラク・オバマの祖父もいました！　反乱とそれに対するイギリスからの厳しい処罰は、ネルソン・マンデラのアフリカ民族会議（ＡＮＣ）を含む、大陸全土での新しい運動の原動力となりました。

カレン・ブリクセンの古風な植民地時代の言葉や「人種」についての歪んだ発言に驚いたり疑問を抱いたりしてきた人にも、希望はまだあります。確かにカレン・ブリクセンは植民地主義者でしたが、若い頃には原住民の自由の英雄にちなんでオセオラという名前で執筆していました。そして彼女の作家生活を締めくくるにふさわしく、マウマウの反乱に言葉を託しました。なぜなら、彼女の最後の言葉を受けとったのは、盲目の預言者で、悪魔的料理人でもある小さなキクユ族の男性だったからです。

「全知全能の神にあなたのことを祈る時、私は何も疑いません。全知全能の神は、完全に祈りに応えようとするのです。なので私はあなたに時に神のご加護があるようにと祈るのです」

これはカマンテがブリクセンに宛てた最後の手紙にあった言葉です。これらの言葉をもって、この偉大なストーリーテラーは作家活動を終えました。

『草原に落ちる影』の出版後、ブリクセンはさらに二年間生き続けましたが、彼女の手によりそれ以上本が生み出されることはありませんでした。彼女の書簡集に収められた最後の手紙は、一九六二年七月十七日づけで、彼女が亡くなる二カ月前に書かれたものでした。これはカマンテへの返事でした。

「私は神に、あなたが元気でいられますように、あなたのお子さんとあなたのご家族皆の健康と幸福を祈ります。あなたにまた会えますよう願っています。

では、さようなら、カマンテ。

ブリクセン男爵夫人」

第十六章　カレン・ブリクセンの死

コペンハーゲンとヘルシングワーアの中間地点に、一軒の古い宿屋があります。何世紀もの間、旅人たちが暖をとるため、食事をとるため、または夜を過ごすためにこの宿屋に立ち寄りました。しかし、半世紀前のある夜に馬でやって来た旅人は、深い沈黙に出会うことになりました。偉大なストーリーテラーがその物語を終えたのです。多くの読者が、記憶の中の彼女は常に老女だったと感じ、作家自身も自分は三千歳だと言っていました。その作家は、『千夜一夜物語』のシェヘラザードのように、幾度となく死を欺いてきました。

別の夜であれば、彼は彼女の特徴的な声を聞けたでしょうが、今夜は違います。古い家の静かな壁に、父と一緒に冒険に出かけた小さな女の子の声が反響し、彼に語りかけるかもしれません。意志を貫くために地面を踏み鳴らす若く活発な芸術家気質《かたぎ》の彼に、遠い海外から戻ってきてライオン狩りや部族の戦士について話す世界旅行者に、または訪問者たちのおしゃべりとシャンパングラスの音で家を満たす男爵夫人の姿を見出すのかもしれません。彼は花の香りを感じ、長い煙草《たばこ》の煙や大きな帽子、ショールや毛皮の影をぼんやり見たのかもしれません。

彼の足はきしむ階段を上り、小さく暗い質素な部屋へと彼を連れて行くのでしょう。そこで彼は部屋の壁が語るような豪華さは見つけられません。あるのは小さな暖炉、小さな椅子、小さなテーブル、そして小さなベッドだけ。壁は床から天井まで木でできていて、部屋全体がまるで棺《ひつぎ》の内側のようです。部屋に足を踏み入れると、大きな身振りやキャビアと牡蠣《かき》の豪華なディナーの影には、傷つきやすく、熱く、恐れを抱いた人が隠れていることに気づくかもしれません。その瞬間、旅人の心臓は一瞬止まるかもしれません。深い水が存在するのは、小さく暗く静かな場所なのです。それはブリクセンの中にあり、彼女の物語の中で再現されるのです。

それでもこの真剣さの中で、この年老いた女性は短い間、沈黙を破り、ベッドの端から足を揺らし、目を輝かせて物語を語りたいと思うかもしれません。「私は年を重ねた女」と彼女は語りはじめることでしょう。

「私は世の中のことをよく知っています。この人生で私たちが何かにしがみつくことで、最後には必ず悲しみがもたらされるか、守りに入ってしまうということを、経験から学んだので、私は神にさえもすがりません。私が死ぬことを嘆かないで。年を重ねるにつれ、生きることよりも死ぬことの方が、根本的に価値のあることだと理解するようになったのだから。

私にはかつて愛する人がいました。夫がいて、何百人もの友人や崇拝者がいたのです。しかし、私が本当に心から愛したのは、生涯でたった三人だけ……」

こんな風に『ピサへの道』という物語中の『老貴婦人の物語』ははじまります。この物語は、カレン・ブリクセンが二十八年前に発表した『七つのゴシック物語』の最初の一篇です（邦訳では、巻頭ではなく巻末に収録されている）。世界中の宗教でマジックナンバーとされる《七》は、彼女の人生を表すのにふさわしい数字です。《七》という数は、彼女自身が作り上げた神話にぴったりなのです。彼女は一九六二年九月七日に七十七歳で亡くなり、七冊の本を書き上げました。どの本も、一冊読めば疑う余地もなく、それがブリクセンの作品だと分かるほど、はっきりとした特徴があります。

太陽のように明るい物語を書く作家は数多くいますし、血なまぐさい恐怖を詳細に描く作家も同じく多くいます。しかし、一つの物語に光と影の両方を織り交ぜられる作家は非常に少ないのです。それは作り物のようなハッピーエンドではありません。ブリクセンの物語の多くは本当に幸福には終わりませんが、特別な雰囲気が漂っています。それは、親しい友人の葬儀の最中に、光の中で遊ぶ蝶を見て、人生が豊かでありながらも同時に悲劇的であることを実感する時や、人生の中盤ですべてを手に入れたと思っていたところにふいに新たな愛に出会い、信じていた自分像に疑問を抱く時のような感覚です。

カレン・ブリクセンは、人生があまりにも壮大になり過ぎて、半ば抱えきれなくなった時に訪れる沈黙を描きます。「現実の生活では私たちは神ではなく、私たち自身と同じような普通の人々と関わるのです。矛盾に満ち、安定している一方で、気まぐれで強くもあり弱くもあり、有名であり無名でもある男と女」と、ネルソン・マンデラは『自由への長い道　ネルソン・マンデラ自伝』（邦訳はネルソン・マンデラ著、東江一紀訳、NHK出版、一九九六年）の中で書いていますが、それはブリクセンへの言葉のように思えます。なぜなら彼女はその両方を兼ね備えていたからです。カレン・ブリクセンは一九六二年九月六日の木曜日に眠りに落ち、そのまま目を覚ますことはありませんでした。翌日の九月七日の夕方、彼女は静かに永遠の眠りにつきました。彼女の側にはクラーラ、弟のトマスとその妻、そして忠実な家政婦であるカロリーネ・カールセンがいました。

大勢の弔問者たちが古い宿屋の建物から、彼女の棺《ひつぎ》の後を歩き、森を通り、曲がりくねった小道を進みました。行列は、一本の大きなブナの木の陰にある聖地から伸びていました。その木は、誰の記憶よりも古く、広い幹と節ばった枝を持ち、開けた場所に一人立っています。ここが彼女の安息の地となったのです。彼女の棺《ひつぎ》のそばにトマス・ディネセンが進み出て、一篇の詩を読みました。

私の牢獄《ろうごく》の中で、私の心は歌う
翼のことだけを、翼のことだけを。

この世の他のどんな美しい歌も
心の耳に美しくは響かない。
鳥かごの中で生まれた鳥でさえ
空へ自由に飛び立ちたいという夢を見る。
そして私の牢獄《ろうごく》の中で、私の心は歌う
翼のことだけを、翼のことだけを。

空は高く、深く澄み渡り
青い泉となり、光り輝き
私は目眩《めまい》することなく高く上り
大地が消えていくのを見つめ、風と遊ぶ。
夏の季節の地上は美しい
薔薇《ばら》が蕾から花を咲かせる時にも
私の牢獄《ろうごく》の中で、私の心は歌う
翼のことだけを、翼のことだけを。

この詩はカレン・クリステンチェ・ディネセンという少女により書かれました。家族の中で、彼女はいつも《タネ》と呼ばれていました。墓には“Karen Blixen”（カレン・ブリクセン）の文字が刻まれています。

第十七章　没後

ブリクセンの生涯についてはっきり言えることが一つあります。それは彼女は亡くなり、この世からいなくなったと思った矢先に、突然華々しいカムバックを果たすということであり、それはこれからも続くであろうということです。

彼女が亡くなって十二年後の一九七四年に、詩人のトーキル・ビャーンヴィーがカレン・ブリクセンとの関係について書いた本『契約』を出版した際、ブリクセンは再び新聞の一面を飾りました。当時、全容が明らかにされたわけではありませんでしたが、この本の出版は、公的なメディアとカレン・ブリクセンの関係者両方の間で激しい議論を巻き起こしました。それは血の滲むほど真剣な議論で、時に非難めいた論調を含んでいました。そこで提起された基本的な疑問は、芸術家の作品を理解する上で、どの程度その芸術家の私生活に立ち入るべきかというものでした。この議論はいまだに決着がついておらず、今後も終わることはないでしょう。

一九七五年にロングステズロン財団がカレン・ブリクセンの『遺された物語』を出版し、その後も続刊が出され続けました。その一つに彼女の若い頃の作品や雑誌に寄稿した物語を集めた『枢機卿《すうききょう》と他の物語』があります。この作品集には、ブリクセンが亡くなる直前までとり組んでいた名作『エーレンガート』が含まれており、これはセーレン・キルケゴールの『誘惑者の日記』（邦訳はセーレン・キルケゴール著、桝田啓三郎訳、筑摩書房、一九九八年）に対する女性からのアンサーと言えます。

一九七六年にはカレン・ブリクセン法人が設立され、年次刊行雑誌『ブリクセニアーナ』を創刊し、一九七六年から一九八五年まで発行されました。この雑誌には、記憶の断片や書評、遺稿、彼女の作品の様々な側面に関する分析などが掲載されています。一九七八年にはカレン・ブリクセンの『アフリカからの手紙』がロングステズロン財団により出版されました。そして、二〇一三年には四巻から成る完全版が出版されました。

一九八〇年代にはブリクセンが再び注目を集めました。一九八二年にジュディス・サーマンの伝記『イサク・ディネセン――ストーリーテラーの人生』が出版され、この本が一九八五年のシドニー・ポラック監督の映画『愛と哀しみの果て』の原作になりました。この映画は、『アフリカの日々』の映画化ではなく、カレン・ブリクセンのアフリカでの生活を描いた伝記的作品で、メリル・ストリープがカレン・ブリクセン役を、ロバート・レッドフォードがデニス・フィンチ・ハットン役を演じました。映画はアカデミー賞で十一部門にノミネートされ、七部門で受賞し、千三百万ドルの興行収入を上げました。カレン・ブリクセンには先見の明があり、映画の権利をロングステズロン財団に寄附していました。権利者が得られる利益は映画の収益のごく一部でしたが、それでも非常に大きな額であり、ロングステズロンを修復し博物館に改装するのに十分なものでした。その後、一九八八年にはガブリエル・アクセル監督の『バベットの晩餐会』がアカデミー賞外国語映画賞を受賞しました。

三度目の大きなカムバックは、博物館が一九九一年五月十四日に公式に開館した時でした。ブリクセンとロングステズロンへのミセス・カールセンの並々ならぬ忠誠心のおかげで、芸術家の家は保たれ、今日では本だけでなく、コペンハーゲンとヘルシングワーアの間にある古い宿屋の部屋でもブリクセンを味わえるようになりました。ここにすべての手がかりが集められ、博物館の展示ではカレン・ブリクセンのタイプライターを見たり、彼女が朗読する『王様の手紙』を聞いたり、彼女の個人図書館を探索したりできます。同時に、博物館にはブリクセンに関する豊富な参考資料も収められています。ブリクセンの作品についてより深く知りたいのであれば、ロングステズロンを訪れるのがよいでしょう。

一九九〇年代以降も、ブリクセンは注目され続けています。一九九六年にはカレン・ブリクセンの『デンマークでの手紙一九三一－一九六二年』が二巻にわたって刊行されました。毎年、国内外でカレン・ブリクセンについての様々な本が出版され、彼女は二十世紀の世界文学を代表する作家の一人として確固たる地位を築いています。彼女の本は二十二カ国語に翻訳され、世界中で多くの版が出されています。

二〇〇〇年代に入り、デンマーク言語文学協会がブリクセン全集の学術版の出版を開始しました。これまでに『アフリカの日々』、『冬の物語』、『七つのゴシック物語』、『報いの道』、『最後の物語』が出版されています。『運命の逸話』と『草原に落ちる影』は後に出版される予定です。

二〇一〇年にＧｏｏｇｌｅ社は、自社のロゴを『アフリカの日々』の小さなイラストに変えることで、カレン・ブリクセンの百二十五歳の誕生日を祝いました。カレン・ブリクセンはデンマークにおいて、これまで以上に注目を集めています。彼女はイスラム教に非常に近く、強い宗教的テーマを物語に織りこんだ数少ないデンマーク人作家の一人です。ロングステズロンを学生に案内する際、私はよくアブラハムがイサクを捧《ささ》げる絵の前で立ち止まります。中学二年生にその物語を知っているか尋ねると、面白いことに、イスラム教徒のバックグラウンドを持つ生徒たちが手を上げます。普段は閉鎖的なこのデンマークの国語の授業に、彼らが参加するのを見るのは非常に喜ばしいことです。

ロングステズロン屋敷は現在もロングステズロン財団が所有しています。カレン・ブリクセンの甥で、二〇一七年に亡くなったトーレ・ディネセンは財団の理事長を四十五年間務めていました。トーレ・ディネセンは一族の系譜を継ぎ、軍用飛行機に乗り、アフリカで働き、ヘンリック王子の護衛としても働きました。

デンマーク・アカデミーは今でもロングステズロンに月に一度集まり、カレン・ブリクセンのお皿とカトラリーで食事し、まだ食器棚に保管されているカレン・ブリクセンのグラスで飲みます。カレン・ブリクセンの料理本もここにあり、リンゴのトロルデザートやフローケン・イェンセン以前のオイスターレシピなどを読むことができます。

ブリクセンに関する本は数多く存在し、作品のスウェーデンでの受容についてまとめた評論から彼女のフラワーアレンジメントについてのイラストブックまで様々あります。しかし、私は彼女の作品の短いガイドが不足していると感じていて、それゆえ、この本を書きました。この本の目的は、カレン・ブリクセンのすばらしい世界を訪ねるさらなる発見の旅に人々を誘うことです。もし一人でも新しい読者を得られたなら、この目的は達成されたことになります。この本がすばらしく受け入れられたことに、私は驚きました。私はこの本が何度も増刷され、ブッククラブでとり扱われ、さらにジョージ・ブランド賞を受賞するとは全く想像していませんでした。その後、この本の不正確さや文章の誤りについての批判も寄せられました。これらの誤りは今回の版で修正しました。

私にとって一番衝撃的だったのは、二〇一三年のコペンハーゲンのブックフェア、ボーフォーオムで受けとった読者からの手紙でした。それはデンマークで地下に潜伏し、命の危険を感じていた宗教に批判的なイスラム教徒からの非常に感動的な手紙でした。手紙の書き手は、ブリクセンの作品への扉を開いた私に感謝し、ロングステズロンの庭の日時計に刻まれた“Nunquam umbra sine luce”《光なければ影もなし》という文字に思いを巡らせ、それを自身の状況と原罪に重ねていました。私がキルケゴールの『不安の概念』をブリクセンの作家性に照らし合わせて読み解く論文執筆時に行った考察と、手紙の書き手の思想は非常に近かったのです。その手紙は次のように終わっています。「私の墓には、《私は神を信じるが、あらゆる宗教を否定する》と刻んでほしいのです」

作家はしばしば「自分の読者を見つける」ことについて話します。逃避生活を送ってきたイスラム教徒がこの本の読者になるとは私は全く予想していませんでした。先の見えない恐怖に駆られながら生きてきた人の人生に意義をもたらすことができたのは、私にはもったいないほどの光栄でした。ブリクセンもあの世でこの感謝の念を私と同じように感じてくれていたらどんなによいでしょう。

訳者からの質問、著者からの回答

訳者Q.

カレン・ブリクセンがイサク（アイザック）という男性名を使ったのは、当時女性が本を書くのがまだ一般的ではなかったからではないかという説があるようです。あなたは本作の中でその答えを書いていますが、日本でささやかれているこの説についてどう思われますか？

著者A.

当時の社会が現在でもなお私たちがとり組んでいるような父権的な構造に支配されていたのは確かです。ですがその問題はカレン・ブリクセンの世代よりも、父親の世代の方がさらに顕著だったと言えるでしょう。ギーオウ・ブランデスはジョン・スチュアート・ミルの『女性の隷従』（邦訳は『女性の解放』J・S・ミル著、大内兵衛・大内節子訳、岩波書店、一九五七年）を翻訳し、離婚などの権利を支持していましたが、彼にとっての重要人物に女性が含まれていなかったのは明らかです。ブランデスは『現代の突破口を開いた男たち』という本で自身の文学時代を振り返り、その頃の社会を回顧しています。

カレン・ブリクセンの状況はそんなに単純でなかったと思われます。第一に、この時期にはすでに商業的に成功していた女性作家が多く存在していました――ブリクセン自身も恐らくその中の一人、ダフニ・デュ・モーリアを模倣したのかもしれません。デンマークではカリン・ミカエリス、アグネス・ヘニングセン、アマリー・スクラム、ティット・イェンセンなどの女性作家が活躍していました。

また、その時代は“roaring twenties”（狂騒の二〇年代）の影響も受けており、デンマークをはじめとする北欧映画は画期的とされ、世界の映画界をリードする存在となり、新しくて強い女性スターを輩出しました。女性の映画俳優らはズボンを穿き、オートバイに乗り、飛行機を操縦し、喫煙し飲酒し、髪を短く切る――つまり、女性ができることとできないことについて、従来の思想に抗《あらが》いました。特に有名なのはアスタ・ニールセンですが、他にも多くの女性映画俳優がいました。例えば、現在私が編集者として働いている出版社では、スタントウーマンのエミリー・サノムについての本を制作中です。

さらに、カレン・ブリクセン自身が「抑圧された」、「従順な」といった言葉で形容される人物ではなく、むしろ強い女性であったという点も挙げられます。彼女が手本としていたのはジャンヌ・ダルクで、彼女の最初の物語である『七つのゴシック物語』はメアリー・シェリーによる『フランケンシュタイン』（邦訳はメアリー・シェリー著、芹澤恵訳、東京創元社、二〇一四年他）を代表とするゴシック伝統に基づいています。メアリー・シェリーは女権運動の先駆者の一人、メアリ・ウルストンクラフトの娘です。

カレン・ブリクセンは自身のエッセイの中で女性闘争についても述べ、父権的盲点をいくつか指摘していますが、同時に自分自身を「女性問題」の一部であるとは見なしていないと積極的に書いています。さらに、*"Seven Gothic Tales"*（七つのゴシック物語）の出版の際使用されたプレス写真では、イサク・ディネセンが男性としてではなく、むしろよりアンドロジナスな存在として、非常に現代的に捉えられています。

ですので、カレン・ブリクセンが男性名を選んだ理由はそう単純ではないのではないでしょうか。むしろ、イサクという筆名を選んだのは「私は誰？」というアイデンティティの遊びの一部であり、「逆転した性別役割」を含む『七つのゴシック物語』に見られるように、「堕落」に関連していると考えます。もちろん、社会全体の父権的構造も関係していますが、彼女はそれらを超えた遊びを楽しみ、「魔女の側に立って」いたと言えるでしょう。彼女にとってのヒーローは、強い男性や抑圧された女性ではありませんでした。もちろん伝統や過去からもインスパイアされていますが、彼女の物語は彼女自身の時代よりも過去のさらに父権的な時代を舞台にしたものが多かったですし、彼女自身は決してナイーブなタイプではありませんでした。
彼女が名前を選ぶ際に意識的にとり入れた偽名の伝統（ジョージ・エリオット、ジョルジュ・サンド、ブロンテ姉妹など）が影響した可能性も十分にありえます。ですので、偽名の伝統が男性名を筆名にした理由の一部となっていることは否定できませんが、私が考える主な理由は存在主義的要素です。彼女は女性として果実を結べなくする契約を悪魔と結び、「書き手の子」であるイサク・ディネセンを高齢で「産んだ」のだと考え、筆名をイサク（「笑い」を意味する）にしました。彼女は挑発的で、あらゆる階層を驚かせ、悪魔に笑いかけることを望んでいました。イサクは奇跡的に死から救われた存在です。

訳者Q.
本作では『ノルデルナイの大洪水』、『夢みる人びと』、『詩人』など、日本であまり知られていない短編や作品についても触れられていますが、日本の読者に向け、補足説明をしていただくことはできますか？

著者A.
『七つのゴシック物語』は、複雑で多義的語りの集合体です。私は、初めてカレン・ブリクセンを読む人に講演を行う際、作家としての突破口となったこの本は後回しにし、代わりにもっと読みやすい『運命の逸話』（邦訳は『運命綺譚』カーレン・ブリクセン著、渡辺洋美訳、筑摩書房、一九九六年）（デンマーク語版の『運命の逸話』には『バベットの晩餐会』も含まれている）から入るよう勧めています。ですが、一度カレン・ブリクセンの作品に夢中になれば、『七つのゴシック物語』は次から次へと宝石が出てくる宝箱のように思えることでしょう。

この物語集に収められた物語は、彼女の後の作品より象徴するところがはっきりとしています。集められた物語に一貫して見られる重要なテーマは「私は誰？」という問いでした。すべての物語はアイデンティティとアイデンティティの混乱を遊びのように扱っています。また、ペンネームと男性の名前を使って書いていたことからも分かるように、著者自身がアイデンティティの問題を抱えていました。ブリクセンは読者を遊びに誘い、その問いをオープンなままにしています。アイデンティティに答えはなく、それは一つのパラドックスです。

私はいまだに『七つのゴシック物語』のテキストが実際に何を意味しているのかを説明できる人物に出会ったことが一度もありません。それはこの作品が互いに矛盾する意味同士が連なる万華鏡のようだからです。私にできる精一杯の説明は、これらの物語が人生に対する誠実な試みであるということです。なぜなら、私たちが正直に人生を見つめると、それもまた無限の糸、ワームホール、鏡像、謎、そして謎解きに溶けていくからです。そしてこの謎解きが、人生の最も魔法めいた部分の一つです。もしもあなたが答えや真実を求めず、むしろ問いを求めるのであれば、『七つのゴシック物語』の中に、世界で最も驚くべき作品を見つけられるでしょう。

『ノルデルナイの大洪水』はカレン・ブリクセンの最高の物語といわれています。この作品には彼女のストーリーテラーとしてのテクニックがすべて含まれています。簡単に言うのならば、洪水の中で干し草の屋根裏部屋に避難した四人が互いに物語を語り合う話です。

この物語全体がパラドックスであり、洪水は世界の終わりで、世界の創造でもあります。そして屋根裏部屋に集まる四人の人々――二人の女性と二人の男性、二人の若者と二人の年長者――もまた二面性を持ちます。

最初に屋根裏部屋で出会うのは、狂気を主張し、自分を時代の重要人物だと思い込んでいる老嬢、マリン・ナト＝オ＝ダーグです。

次に登場するのは、聖職者であると主張する枢機卿《すうききょう》ハミルカー・フォン・セヘステッドという男ですが、実は彼の召し使いであるカスパーセンが枢機卿《すうききょう》を殺し、その服を着ているのです。その次に登場するのは、マリン・ナト＝オ＝ダーグ嬢の十六歳のゴッドドーター、カリプソ・フォン・プラテン＝ハレルムンド嬢です。そして最後に、若者のジョナサン・メアスクが、自分の父親が本当の父親ではなく、自分は堕落した男爵の息子であると気付きます。

四人は屋根裏部屋に閉じこめられ、夜が深まるにつれ、関係性が進展していきます。ジョナサン・メアスクとカリプソは結婚し、枢機卿《すうききょう》により結婚式が行われます。しかし彼は聖職者ではなく、殺人者であることが明らかになります。しかし、物語の本質はここではなく、途中で展開される物語にあります。例えば、枢機卿《すうききょう》が語るバラバの物語に。バラバは、イエスの代わりに十字架に掛けられることを免れた盗賊です。『ノルデルナイの大洪水』を再話するのは、芥川龍之介の『羅生門』を再話するのと同じくらい難しいです。なぜなら、物語の意味は読者の解釈に応じて変わるからです。物語は四人の物語でありながら、嘘《うそ》と理想、許しと運命の所有権、愛、自分が真にどう見られているか、黙示録、世界の創造、復活の奇跡など、多くのテーマを含んでいます。

同様に『夢みる人びと』という物語も複雑で、要約するのは難しいです。ブリクセン研究者のロバート・ランバウムは、『夜の闇、光、笑い――カレン・ブリクセンの芸術の研究』の中で、『夢みる人びと』を「ヨーロッパの寓話であり、物語を通じてヨーロッパ全体を見通せる」と書いています。

具体的にあらすじを説明するなら、舞台はザンジバルを航行する船で、登場人物は三人。復讐心に燃える若い戦士サイード・ベン・アハメド、人生に近づき過ぎて物語を失った語り手ミラ・ジャマ、そしてイギリス人のリンカーン・フォースナーです。

リンカーンは、彼に夢を教えた女性について話します。彼女の名前はオララで、彼はローマの娼館で彼女と出会います。彼女は姿を消し、彼は彼女を探し続けます。そしてスイスのホテルで二人の他の旅行者と出会います。ドイツ人のホーヘンセー、そしてスウェーデンの男爵ギュルデンステルンです。彼らもそれぞれ女性を探しています――ホーヘンセーは革命家ローラを、ギュルデンステルンは彼の大恋愛の聖人ロザルバを。それぞれの男性は驚くことに、突然ホテルに現れた女性がオララ、ローラ、ロザルバの全員であることに気づきます。彼らはその女性を追いかけ、女性は山の峠で自ら命を絶ちます。女性の正体は、彼女と旅をしていたユダヤ人の老人によって明かされます。彼女は火災で声を失ったオペラ歌手、ペレグリーナ・レオニでした。

カレン・ブリクセンの作品を読む時、息を呑むような緊張を覚えますが、物語の進行は実際には読者をどこにも連れて行かず、堂々巡りさせ道に迷わせます。物語の本当の意味は、登場人物が行動することで、彼らの物語を生み出す思考、夢、希望の中に自己開示させることです。

『詩人』はこの物語集の最後の物語で、他の二つに比べ短いです。そのため、複雑さも少ないのですが、扱われるテーマは他の作品同様、強烈です。愛と死、無垢《むく》さと堕落、運命と生命。

『詩人』は、詩に心を奪われたヒルシュホルムの裁判官マチーセンの物語です。彼は若い詩人アンダース・クベの後援者であり、彼に人生を学ばせようと決心します。ある日、イタリア人の未亡人フランシーヌがその地域に引っ越してきた時、裁判官は彼女が詩を世界にもたらせると考え、彼女と結婚することにします。そうすればアンダースとフランシーヌが同じ家に住むことになり、彼は人形使いのように彼らをよからぬ同盟に引き込めると考えたのです。裁判官は自分を神と信じ、他人の運命を操りますが、同時に彼は彼らの堕落の悪魔ともなり、悲劇的な結末を迎えます。

『七つのゴシック物語』はこのように「道徳に反する物語」であり、犯罪、殺人、虚栄心、傲慢さとその報いについての物語です。人間の存在が、人生の最大の危機にさらされている状況についての物語であり、非常事態の中での生涯についてです。悪魔との契約、そして人間に閉ざされた楽園への夢についての物語です。これらの物語を再話することは、織物の糸を一本引っ張るようなものです。すると美しい織物の模様は引きつれて見る影もなくなってしまうことでしょう。日本の読者の皆さんにできる最良の提案は次の通りです。物語を読み、そこに自分自身の物語を見つけてください。

訳者Q．

第七章に出てくる『戦争中の国からの手紙』は邦訳されていません（『ダゲレオタイプ 講演・エッセイ集』カレン・ブリクセン著、奥山裕介訳、幻戯書房刊行収録予定）。この作品を読んだことのない日本の読者に向け、もう少しご説明いただけますか？

著者A．

一九三九年、第二次世界大戦勃発の直前、カレン・ブリクセンは旅費助成を受けとりました。彼女はそのお金を使って、アフリカの農場で彼女を助けてくれたファラー・アデンと一緒にメッカへの巡礼というかつて見た夢を実現しようと考えていました。しかし、戦争がはじまったことで彼女は旅に出られなくなりました。代わりに、デンマーク全国紙ポリティケンを訪ね、自分を特派員として使ってくれないかと尋ねました。そうしてヨーロッパの三大都市、ロンドン、パリ、ベルリンに一カ月滞在し、それぞれの都市から四つのコラムを書くことがとり決められました。最初の滞在先はベルリンに決まりました。ブリクセンは一九四〇年三月一日に出発し、四月二日に帰国しました。旅行中に彼女は『戦争中の国からの手紙』というエッセイのアイデアをメモしていました。

帰国からわずか一週間後の四月九日、デンマークはドイツ軍に占領されました。このことは当然、彼女の旅行を全く別のものにしました。もはやそれは戦争中の大国への特派員訪問ではなく、敵の陣地内への旅行、占領軍への旅でした。彼女はこのエッセイが他の視点から読まれると分かっていました。彼女は戦争終結後の一九四八年までこれを発表しませんでした。戦後も、このエッセイの解釈は、当然ながら歴史的な出来事に影響されてきました。

日本の読者に向けて、デンマークとドイツの関係と、第二次世界大戦中のデンマークの役割について簡単に説明すると分かりやすいでしょうか。私は歴史家ではありませんが、専門家の間でも意見の相違があります。基本的に、ドイツはデンマークの隣国であり、デンマークの約十四倍の大きさです。比例するなら日本から見た中国よりも大きいです。そして、第二次世界大戦中にほとんど戦わずして占領されましたが、その後、国の中でレジスタンス運動が展開され、ドイツ軍に抵抗しました。しかし、多くのデンマーク人がドイツ側につき、ソビエト連邦と戦うため「義勇兵」として戦争に参加しました。

歴史的に見て、ドイツ文化はデンマークの知識人に大きな影響を与えてきました。私たちの言語は非常に近く、例えばキルケゴールのような思想家は、フランスのデカルトやスコットランドのデイビッド・ヒュームよりドイツの哲学者ヘーゲルに関心を寄せています。ドイツはデンマークの南の文化大国です。イギリスはデンマークのそばにあるもう一つの大国で、一八〇九年にコペンハーゲンを爆撃しました。そのため、十九世紀初頭には敵国と見なされていました。

しかし、この状況は十九世紀中頃に変わります。憲法を制定し、民主主義国家になると同時に、デンマークはドイツとの一連の国境戦争に巻きこまれます。これらの戦争の原因については多くの議論があり、厚い書籍が出されていますが、簡単に言えば、デンマークは多文化国家から国粋主義国家へと移行し、特に様々な言語を持つ少数民族が大勢いる国境地域で緊張が生じたのです。同時に、ビスマルクの指導の下でドイツが統一されます。デンマーク国家は国境地域を守るため戦いましたが、大敗を喫し、多くの領土を割譲し、多くの兵士を失いました。その結果、デンマークは一層小さくなりました。

特に一八六四年はデンマークの歴史的大敗の年と記憶されています。この敗北の後、デンマークは中立国となり、二〇〇一年九月十一日まで戦争に関与しませんでした。デンマーク文学では《一八六四年世代》と呼ばれる世代があります。この世代は、神、王、祖国という「古い価値観」への信頼を失い、幻滅した世代でした。この暗闇の中から、「近代への突破口」という新しい方向性が現れました。これは一八七一年に文学批評家ギーオウ・ブランデスによってはじめられました。近代デンマークは共和制かつ民主主義であり、フランスの自然主義やイギリスの哲学から影響を受けています。例えば、ギーオウ・ブランデスはジョン・スチュアート・ミルとハリエット・テイラー・ミルの『女性の解放（岩波文庫1957）』を翻訳し、近代への突破口を開きました。一八八五年生まれのカレン・ブリクセンはこのような社会情勢の中で育ちました。彼女の父親は、一八六四年の敗北時にドイツ軍と戦い、後にパリ・コミューンでも戦いました。

一八六四年の敗北後、デンマークにとって敵はイギリスではなくドイツとなり、「親独」であることは好ましくないとされました。それでもドイツ文学や哲学は依然として大きな役割を果たしていました。ギーオウ・ブランデスはゲーテやニーチェについても大きな著作を書いています。第一次世界大戦後、ドイツはデンマークに領土を返還しました。デンマークでは今でも毎年、ドイツからの独立が祝われています。

なので、一九四〇年にドイツがデンマークを侵略し、アマリエンボー宮殿を占領した時、ドイツへの敵意は非常に強かったのです。もっとも、デンマーク国内にはヒトラーを支持するグループも存在しました。一九四五年にイギリスがデンマークを解放し、その後、ナチスと協力した人々に対する厳しい法的制裁が行われ、街頭では「密告者の処刑」やドイツ兵と親密になった女性に対する暴行が発生しました。

この背景を知っておくことは、『戦争中の国からの手紙』を読む上で役立ちます。例えば、カレン・ブリクセンがエッセイの中で「ドイツ語が話せない」と書いていることは、彼女がフランスやイギリスから影響を受けており、ゲルマン文化寄りでないことを示しています。それでも彼女はドイツを文化国家として尊敬しており、ゲーテやヘーゲルの作品を理解しています。彼女は到着後の最初の一週間を使ってエッセイを清書し、四月十日のロンドン行きの切符を持っていました。しかし、出発の二十四時間前にドイツが侵略し、国境が閉鎖されました。

彼女が持っていたドイツとの接点は、アフリカにいた頃から知るドイツの年老いた将軍でした。カレン・ブリクセンは彼を「帝国時代のドイツ」の象徴としてとり上げ、ナチスのイデオロギーを持つ現代ドイツとは距離を置いていますが、ワイマール共和国以前の非民主的なドイツを指し示しています。彼女はフォン・レトウの英雄的な性質を称賛し、デンマークの読者に「この男性は尊敬に値する」と言っています。彼女はまた、アルベルト・シュヴァイツァーにも言及し、彼もまた偉大で静かなる人物だったと述べています。彼女はロンドンの彼の友人たちに伝えるべき言葉を受けとりました。これもまた、フォン・レトウをナチスのイデオロギーから切り離すことを強調しています。それでも、フォン・レトウは絶対的に保守的であり、アフリカでの過去を指し、社会主義者からは《狂気のムラー》と呼ばれています。

フォン・レトウを訪ねた後、カレン・ブリクセンはベルリンへ移動し、実際の全体主義的なプロパガンダ機構に出会います。彼女はこれを一種の政治的な聖職者と比較しています。これは共和制で反宗教的なデンマークの文脈ではポジティブには見なされず、暗黒や狂信を連想させます。しかし、彼女はこの出会いを肯定的な表現でも記述しており、歓迎されたことに感銘を受けています。これは同時代の文脈では非常に物議を醸すものであり、どんな形の「親独的態度」も人民裁判で厳しく罰せられました。デンマークには「天井が高い」という表現があり、カレン・ブリクセンもまた「天井が高い」人でした。彼女は安易なポイントやアジェンダ主導の結論に陥ることはなく、エッセイや物語の解釈の可能性を開かれたままにしています。ナチズムが彼女にとって本質的に異質であることは明白ですが、彼女はドイツ社会を尊敬を持って、オープンに、偏見なしに記述しています。ただし、彼女が政治的な「聖職者」にはプライベートな生活がなく、他人のプライベートな生活に興味があると述べる時のような、少しの風刺的な皮肉も含まれています。

カレン・ブリクセンは第三帝国の「超人的な」働きぶりに感銘を受けています。誰もがたった七年でこれだけの社会を築くことはできなかったとし、「離れ業」と呼んでいますが、同時に「なぜこんなに急ぐ必要があったのか？ 観客なのか建築者なのか、どこかに不安がある」と自問しています。彼女はこの組織を「幽霊のよう」と表現し、目標が手段を正当化するように、人生を組織化しようとし、生きることではないとしています。

カレン・ブリクセンは第三帝国を旅し、政治組織を訪問し、映画館やヴァリエテ劇場に行き、様々な人と出会います。彼女は芸術や精神、プロパガンダやユーモアについて議論し、『我が闘争』をコーランと比較し、その戦闘的な幻想、自己認識、異教徒や低級な民族に対し優越感を持っています。ただし、彼女が言及しているのは彼女自身の時代のイスラムではなく、剣により広まった従来のイスラムです。彼女はまた、神への信仰と人種崇拝を区別し、人種崇拝は「自らに返ってくる」ものであり、その勝利の行進は悪循環であると言っています。

カレン・ブリクセンのナチズムへの抵抗の核心は、恐らく《力による喜び》運動の無名のドイツ人医師と交わした芸術論に表れているでしょう。彼に対してブリクセンは、世界には目的に逆らうものがあると言います。医師は異議を唱え、文化は目的を持って創造され、意志の力によって作られると言います。しかし、ブリクセンは、意志が働くものは達成できないと述べています。英雄になりたいと思ってもなれないし、愛されたいと思っても愛されないし、芸術家になりたいと思ってもなれない。これについては神の恩恵に頼るしかないと述べています。これに対し、医師はドイツの意志が神の恩恵であるならば、と答えます。ブリクセンは、この高慢の影にネメシスが潜むと考えます。カレン・ブリクセンの第三帝国に関するエッセイは、戦後、ロンドンを訪れ、爆撃の跡を歩いた末、発表されました。恐らくエッセイの最終的な一文が全体のポイントを示しています。「勝利は敗北から力を得る者のものです」

訳者Q.

あなたがこの本をデンマークで出版してからもまだカレン・ブリクセンはデンマークの人々を魅了し続けているようです。第十七章の補足として、なぜカレン・ブリクセンがいまだに読者を魅了し続けているのか、デンマークでこの本が十年前に出版されてから今までの間に何があったのか、日本の読者にご説明いただけますか?

著者A.

ここ数年で、私がカレン・ブリクセンについて書いたこの小さな本に多くの興味が寄せられ、彼女と彼女の著作に関する優れた本が多く出版されました。例えば、トム・ブック・スヴェンティによるカレン・ブリクセンの伝記がそうです。他にはカレン・ブリクセンの父親に関する本が二冊、彼女の兄に関する本が一冊、カレン・ブリクセン自身についての本『ライオンの女』も出されました。さらに、彼女の手紙がマリアンヌ・ユールとマリアンヌ・ヴィレンフェルト・アスムセンによって編纂され、二千ページを超える四巻本として発行されました。二〇二一年には、カレン・ブリクセンと若い詩人トーキル・ビャーンヴィーとの「悪魔の契約」を描き批評家たちに称賛された伝記映画『契約』が公開されました。

私自身も長年にわたり多くのイベントに参加しました。その中には、コメディアン、ミッケ・オーゲンダールが大作家たちの生活を再現する国営放送のテレビ番組『ウーエンダールと大作家たち』に出演したことがあります。私は放棄された飛行機格納庫に座ってデニス・フィンチ・ハットン役としてカレン・ブリクセンの生活と思想について語りました。この番組は国営テレビ局DRで最も視聴された番組の一つとなりました。

言い換えれば、カレン・ブリクセンと彼女の著作には依然として多くの関心が寄せられており、むしろ関心が高まっているかもしれません。では、なぜカレン・ブリクセンが新しい読者を魅了し続けるのでしょうか？

その理由は多くあると思います。第一の理由は、彼女の人生が非常に魅力的であることです。彼女の危険なライオン狩りや壊れやすい飛行機での飛行、不幸な恋愛関係、グラマラスな世界旅行、死との闘い、そして彼女の特徴的な外見などが挙げられます。

今日、私はデンマーク最大の出版社の一つの文芸部門で編集長として働いていますが、作家が自分のブランドを作る必要があることについてよく話します。カレン・ブリクセンはこれを誰よりもよく理解し、文学において独自の声を作り上げました。フランスの詩人ボードレールが一八〇〇年代に言ったように、「天才の本質的な仕事はステレオタイプを発展させること」です。

しかし、これらはすべて外面的なことに過ぎません。他の人も飛行機を飛ばし、ライオンを狩り、カレン・ブリクセンと同じことをしてきました。もし彼女のすばらしい物語がなかったら、これらは何も意味しません。

私が見るところ、これらの物語の核心には深い哲学、全時代、全場所に共通する生きる知恵があります。だからこそ、日本の読者の皆さんにも私の本だけでなく、カレン・ブリクセンの著作にも喜びを見出してほしいと願っています。彼女の作品の質の高さに一度気付くと、その驚きは尽きることはないでしょう。

私はこの本の中で彼女の作品の価値についていくつか簡潔に指摘しようとしました。ですが、カレン・ブリクセンの著作には多くのことが内包されており、読者一人一人が自分だけのブリクセンを見つけられるようにできています。彼女の著作を再読することで新たな面を発見でき、私のようにカレン・ブリクセンに長年関わってきた人も物語に立ち返ると、最初は見逃してしまっていた要素が明らかになってきます。

このような作品は稀《まれ》です。デンマークには恐らく世界的と言える作家は、ハンス・クリスチャン・アンデルセン、セーレン・キルケゴール、そしてカレン・ブリクセンの三人ぐらいしかいません。カレン・ブリクセンが女性でありながら、二十世紀の最も重要な語り手であることから、現代文学の重要な代表者と言えるでしょう。

彼女が今でも読者を魅了し続けるのには、伝記的な要因や内面的要因、物語の技術的な要因だけではなく、神秘的な要因も含まれているのかもしれません。

カレン・ブリクセンは人間の心理の深層に語りかけてきます。彼女があなたの心の奥の秘密を知っており、その秘密を深く掘り下げようとしているかのように思えるでしょう。あなたが彼女に心を開けば、彼女はあなたの魂に住み着きます。そして彼女はあなたのソウルメイトに――常に挑戦的で、あなたを開眼させてくれる鏡の中に映るあなた自身であるかのような伴侶になるでしょう。彼女はあなたを見透かしながらも、目に光を宿し、こう尋ねるのです。

「これが私の物語です。さあ、あなたの物語は？」

参考文献

この本に含まれる伝記的な記述は、私がロングステズロンでガイドをしていた際に集めた知識と、カレン・ブリクセン自身がエッセイで提供した情報に基づいています。特にとり上げたエッセイは『四枚の石炭画』、『アフリカの黒人と白人』、『戦争中の国からの手紙』、『十四年遅れの焚き火の前での演説』、『ロングステズロン――ラジオでの講演』です。これらのエッセイとその他多くの文章が収められたエッセイ集『ダゲレオタイプ 講演・エッセイ集』（奥山裕介訳、幻戯書房より刊行予定）はお勧めです。また、ジュディス・サーマンの伝記『イサク・ディネセン――ストーリーテラーの人生』も素晴らしいです。この伝記は非常によく書けており、一九八〇年代に出版された際、ブリクセンのリバイバルに一役買いました。クラーラ・セイボーン（後にクラーラ・スヴェンセンに名前を変更）の『ある詩人の運命――カレン・ブリクセンについての写真とメモ書き』もお勧めです。さらに、この本のために参照したその他の資料には、『ブリクセニアーナ 一九七六－一九八五年』というカレン・ブリクセン博物館の学校サービスからの貴重な資料や、トマス・ディネセンの『タネ』、オーレ・ヴィーヴェルの『カレン・ブリクセン――終わらない自己反乱』、トーキル・ビャーンヴィーの『契約』、オーウ・ヘンリクセンの『メッセンジャー』、モーテン・ヘンリクセンの本と映画『ブリクセンのマスクの陰で』、オットー・B・リンドハルトの回想記『ギュルデンダール社を買収した方が早かったのでは?』などがあります。他にもフランス・ラーソンの『カレン・ブリクセン――年代記』、リーセロッテ・ヘンリクセンの『ブリクシコン』、ピア・ボンデッソンの『ロングステズロンでのカレン・ブリクセンの蔵書』、ステーン・アイラー・ラスムッセンの『カレン・ブリクセンの花』にも助けられました。『戦争中の国からの手紙』についての第七章に出てくるイスラムとナチズムの関係に関する歴史的な記述は、ドイツの歴史家クラウス・ミハエル・マルマンとマルティン・キュッパーズによる『半月とハーケンクロイツ』や、オーフス大学の大学紀要『戦場』に掲載された私の論文『自由、平等、ムスリムの兄弟愛』を参考にしました。作家性の分析は、コペンハーゲン大学文学部で二〇一〇年に書いた卒業論文に基づいています。『七つのゴシック物語』、『少年水夫の話』、『空白のページ』、『指輪』の分析は卒業論文執筆時に行ったものです。『アフリカの日々』、『報いの道』、『草原に落ちる影』の分析は、この本のために新たに書き下ろしました。作家性について深く掘り下げたい方には、ロバート・ランバウムの『夜の闇、光、笑い――カレン・ブリクセンの芸術の研究』(一九六四年)をお勧めします。ランバウムはブリクセンの物語を詳細に分析しており、私はいくつかの読み方や優先順位について異論があるものの、この本はブリクセンの作品への最も優れた導入書になっていると思います。オーウ・ヘンリクセンの『カレン・ブリクセンとマリオネットたち』もお勧めです。新しい作品では、ノルウェーのトーネ・セルボエの『カレン・ブリクセン：導入』と、シャロッテ・エングバーグの『絵画のこだま——カレン・ブリクセンの物語について』が特に推奨されます。どちらも複雑なテーマを生き生きと伝えており、私にもブリクセンの作品に対する新たな着眼点を示してくれました。

作品リスト

1907 ～ 1963 年のデンマーク語または英語による刊行作
＊は中心的な作品という意味
以下、すべてデンマーク語版原書通り記載

Osceola: „Eneboerne", *Tilskueren*, august 1907, s. 609-35. Genoptrykt i *Osceola*.

Osceola: „Pløjeren", *Gads Danske Magasin*, oktober 1907, s. 50-59. Genoptrykt i *Osceola*.

Osceola: „Familien de Cats", *Tilskueren*, januar 1909, s. 1-19. Genoptrykt i *Osceola*.

Anonymt: „En Stjerne" [digt], citeret i Thomas Dinesen: *No Man's Land* (København, Reitzel, 1929), s. 199-200. Genoptrykt i *Osceola*.

Karen Blixen: „Balladen om mit Liv" [digt], citeret i Johannes Rosendahl: *Karen Blixen. Fire Foredrag* (København, Gyldendal, 1957), s. 47-48. Genoptrykt i *Osceola*.

Osceola: „Ex Africa" [digt], *Tilskueren*, april 1925, s. 244-46; *Berlingske Søndags Magasin*, 6. december 1942, s. 1-2, under navnet Karen Blixen-Finecke. Genoptrykt i *Osceola*.

Karen Blixen-Finecke: „Sandhedens Hævn. En Marionetkomedie", *Tilskueren*, maj 1926, s. 329-44. Som bog 1960.

* Isak Dinesen: *Seven Gothic Tales* (New York, Harrison Smith and Robert Haas; London, Putnam, 1934).

* Isak Dinesen: *Syv fantastiske Fortællinger* (København, C.A. Reitzel, 1935).

* Isak Dinesen: *Out of Africa* (London, Putnam, 1937; New York, Random House, 1938).

* Karen Blixen: *Den afrikanske Farm* (København, Gyldendal, 1937).

Isak Dinesen: „Karyatiderne. En ufuldendt fantastisk Fortælling", *Bonniers litterära magasin*, marts 1938, s. 163; *Tilskueren*, april 1938, s. 269-308; „The Caryatids: An Unfinished Gothic Tale", *Ladies' Home Journal*, november 1957, s. 64 ff. Genoptrykt i *Last Tales/Sidste Fortællinger*.

Karen Blixen: „Om Retskrivning", *Politiken*, 23.-24. marts 1938. Som bog 1949.

* Isak Dinesen: *Winter's Tales* (New York, Random House; London, Putnam, 1942).

* Karen Blixen: *Vinter-Eventyr* (København, Gyldendal, 1942).

Isak Dinesen: „Sorrow-Acre", *Ladies' Home Journal*, maj 1943, s. 22 ff. Fra *Winter's Tales*.

* Pierre Andrézel: *Gengældelsens Veje*, „Paa Dansk ved Clara Svendsen [sic]", (København, Gyldendal, 1944).

* Pierre Andrézel: *The Angelic Avengers* (London, Putnam, 1946; New York, Random House, 1947).

Karen Blixen: „Breve fra et Land i Krig", *Heretica* I, 1948, nr. 4, s. 264-87; nr. 5, s. 332-55. Genoptrykt i *Dansk skrivekunst*, udg. Erling Nielsen (Oslo, Cappelen, 1955), s. 1-34.

Isak Dinesen: „The Uncertain Heiress“, *Saturday Evening Post*, 10. december 1949, s. 35 ff.; „Onkel Seneca“, *Hjemmet*, 1957, nr. 51.

Karen Blixen: *Om Retskrivning* (København, Gyldendal, 1949).

Karen Blixen: *Farah* (København, Wivel, 1950). Genoptrykt i *Skygger paa Græsset*.

Isak Dinesen: „Babette's Feast“, *Ladies' Home Journal*, juni 1950, s. 34 ff. Genoptrykt i *Anecdotes of Destiny*.

Isak Dinesen: „The Ring“, *Ladies' Home Journal*, juli 1950, s. 36 ff.; *Harper's Bazaar*, oktober 1958, s. 159 ff. Genoptrykt i *Anecdotes of Destiny*.

Karen Blixen: „Hartvig Frisch som Nabo“, i: Hartvig Frisch (København, Fremad, 1950), s. 26-32; *Berlingske Aftenavis*, 29. november 1950.

Isak Dinesen: „The Ghost Horses“, *Ladies' Home Journal*, oktober 1951, s. 56 ff.; på dansk som bog 1955.

Karen Blixen: „Til fire Kultegninger“, *Berlingske Aftenavis*, 24. juni 1950, s. 7.

Karen Blixen: *Daguerreotypier* (København, Gyldendal, 1951).

Karen Blixen: *Kardinalens tredie Historie*, illustreret af Erik Clemmesen (København, Gyldendal, 1952). Genoptrykt i *Sidste Fortællinger*.

Karen Blixen: „Hilsen til Halldor Laxness“, *Land og Folk*, 23. april 1952.

Isak Dinesen: „Klokkerne“, *Arbejdernes Almanak*, 1952.

Karen Blixen-Finecke: „Søster Barbara og Ngaia“, *Julekærten* 1943, s. 12 ff.

Karen Blixen: [Indlæg i forhandling på Aarhus Universitet den 23. april 1951 om dyreforsøg], *Dyrets Ret*, maj 1951, s. 6-8.

Karen Blixen: „Omkring den nye Lov om Dyreforsøg", *Politiken*, 29. november 1964.

Karen Blixen: „Fra Lægmand til Lægmand", *Politiken*, 11.-12. maj 1954.

Karen Blixen: „Samtale om Natten i København", *Heretica* VI, 1953, Nr. 5, s. 465-494. Genoptrykt i *Sidste Fortællinger*.

Isak Dinesen: „The Immortal Story", *Ladies' Home Journal*, februar 1953, s. 34 ff. Genoptrykt i *Anecdotes of Destiny*.

Karen Blixen, „En Baaltale med 14 Aars Forsinkelse", *Det danske Magasin* I, 1953, nr. 2, s. 65-82. Som bog 1953: *En Baaltale med 14 Aars Forsinkelse* (København, Berlingske Forlag, 1953).

Karen Blixen, „Dykkeren", Vindrosen, november 1954, s. 400-14. Genoptrykt i *Skæbne-Anekdoter*. Isak Dinesen: *Babettes Gæstebud* (København, Fremad, 1955). Genoptrykt i *Skæbne-Anekdoter*.

Isak Dinesen: *Spøgelseshestene* (København, Fremad, 1955).

Isak Dinesen, „The Cloak", *Ladies' Home Journal*, maj 1955, s. 52 ff. Genoptrykt i *Last Tales*

Karen Blixen, „Anmeldelse af Sacheverell Sitwell: Denmark", *Sunday Times*, London, 6. maj 1956, s. 5.

Isak Dinesen: „A Country Tale", *Botteghe Oscure* [internationalt litteraturtidsskrift udg. i Rom], XIX, 1957, s. 367-417; *Ladies' Home Journal*, marts 1960, s. 52 ff. Genoptrykt i *Last Tales*.

Isak Dinesen, „Echoes", *Atlantic Monthly*, november 1957, s. 96-100. Genoptrykt i *Last Tales*.

* Isak Dinesen: *Last Tales* (New York, Random House; London, Putnam, 1957).

* Karen Blixen: *Sidste Fortællinger* (København, Gyldendal, 1957).

Isak Dinesen, „The Nobleman's Wife", *Harpers Bazaar*, november 1957, s. 139 ff. Fra „Tales of Two Old Gentlemen", *Last Tales*.

Karen Blixen: „Den store Gestus", *Alt for Damerne* 1957, nr. 51, s. 10-14. Genoptrykt i *Skygger paa Græsset*.

Karen Blixen: „H. C. Branner: Rytteren", *Bazar*, april 1958, s. 50-63; maj, s. 71-94.

* Isak Dinesen: *Anecdotes of Destiny* (New York, Random House; London, Michael Joseph, 1958).

* Karen Blixen: *Skæbne-Anekdoter* (København, Gyldendal, 1958).

Isak Dinesen: „The Wine of the Tetrarch", *Atlantic Monthly*, december 1959, s. 125-30. Fra „The Deluge at Norderney", *Seven Gothic Tales*; udvidet tekst, som fortalt mundtligt i Amerika.

Isak Dinesen, „The Blue Eyes", *Ladies' Home Journal*, januar 1960, s. 38. Fra „Peter and Rosa", *Winter's Tales*; udvidet tekst, som fortalt mundtligt i Amerika.

Isak Dinesen, „Alexander and the Sybil", i: Glenway Wescott: „Isak Dinesen Tells a Tale", *Harpers*, marts 1960, s. 69-70. Fra „Tales of Two Old Gentlemen", *Last Tales*.

Isak Dinesen, „On Mottoes of My Life", *Proceedings of the American Academy of Arts and Letters and the National Institute of Arts and Letters*, 2. række nr. 10 (New York, 1960), s. 345-58; *Louisiana Revy*, I, nr. 3, februar 1961. Som bog 1962.

Karen Blixen: Forord til Truman Capote: *Holly* (København, Gyldendal, 1960).

Karen Blixen: *Sandhedens Hævn* (København, Gyldendal, 1960).

* Karen Blixen: *Skygger paa Græsset* (København, Gyldendal, 1960).

* Isak Dinesen: *Shadows on the Grass* (London, Michael Joseph, 1960; New York, Random House, 1961).

Isak Dinesen: Forord til Olive Schreiner: *The Story of an African Farm* (New York, Limited Editions Club, 1961).

Karen Blixen: Forord til Basil Davidson: *Det genfundne Afrika* (København, Gyldendal, 1962).

Isak Dinesen: Forord til Hans Christian Andersen: *Thumbelina and Other Fairy Tales* (New York og London, Macmillan, 1962).

Karen Blixen: „Rungstedlund, En Radiotale", i: *Hilsen til Otto Gelsted* (Aarhus, Sirius, 1958), s. 18-41. Sammendrag: Isak Dinesen: „Tale of Rungstedlund", *Vogue*, november 1962, s. 132 ff.

Isak Dinesen: „The Secret of Rosenbad", *Ladies' Home Journal*, december 1962, s. 51 ff. Forkortet version af „Ehrengard".

Osceola: *Osceola* (ungdomsarbejder udgivet posthumt) red. Clara Svendsen (København, Gyldendal, 1962).

Karen Blixen: *On Mottoes of My Life* (København, Udenrigsministeriet, 1962).

Isak Dinesen: *Ehrengard* (New York, Random House; London, Michael Joseph, 1963).

Karen Blixen: *Ehrengard*, oversat fra engelsk til dansk af Clara Svendsen (København, Gyldendal, 1963).

カレン・ブリクセンの人生年表

一八八一年　ヴィルヘルム・ディネセンがインゲボー・ヴェストエンホルツと結婚し、夫妻はロングステズロンに移り住む。

一八八五年　カレン・クリステンチェ・ディネセンが四月十七日に、ロングステズロンで第二子として誕生する。きょうだいはインガー・ベネディクテ（一八八三年生まれ）、エレン・アルヴィルデ（一八八六年生まれ）、トマス・ファスティ（一八九二年生まれ）、アナス・ルンスティ・ディネセン（一八九四年生まれ）。

一八九五年　ヴィルヘルム・ディネセンがコペンハーゲンで自殺する。

一八九八年　ロングステズロンが火事で焼け落ちる。屋敷の翼棟の二棟だけが火災を免れる。

一九〇三年　カレン・クリステンチェ・ディネセンが芸術アカデミーの芸術女学校に入学。
一九〇七年　雑誌『観客』（*Tilskueren*）に、オセオラというペンネームで『世捨て人』（*Eneboerne*）という物語でデビュー。
一九〇九年　ハンス・ブリクセン゠フィネケ男爵に出会い、恋に落ちる。
一九一二年　ブロール・ブリクセン゠フィネケ男爵と婚約する。
一九一四年　アフリカにやって来る。翌日にブロール・ブリクセンと結婚。第一次世界大戦がはじまる。
一九一七年　ハンス・ブリクセン゠フィネケ男爵が自家用飛行機の墜落事故により亡くなる。
一九一八年　デニス・フィンチ・ハットンに出会う。第一次世界大戦終戦。

一九二一年　ブロール・ブリクセンが農場を去る。

一九二五年　ブロール・ブリクセンと離婚。

一九二六年　『真実の復讐』（*Sandhedens Hævn*）が雑誌『観客』（*Tilskueren*）に掲載される。

一九三一年　農場が競売に掛けられる。デニス・フィンチ・ハットンが飛行機事故で亡くなる。カレン・ブリクセン、デンマークの実家に戻る。

一九三四年　Isak Dinesen イサク・ディネセンの名前で『七つのゴシック物語』（*Seven Gothic Tales*）（邦訳は『夢みる人びと　七つのゴシック物語1』アイザック・ディネーセン著、横山貞子訳、晶文社、一九八一年、『ピサへの道　七つのゴシック物語2』アイザック・ディネーセン著、横山貞子訳、晶文社、一九八二年、『ピサへの道　七つのゴシック物語1』イサク・ディネセン著、横山貞子訳、白水社、二〇一三年、『夢みる人びと　七つのゴシック物語2』イサク・ディネセン著、横山貞子訳、白水社、二〇一三年）を発表し、作家デビュー。翌年『七つの幻想物語』（*Syv Fantastiske Fortællinger*）という題名でデンマーク語版が出される。

一九三七年　『アフリカの日々』（*Out of Africa*）が出版される。同年、デンマーク語版『アフリカ農場』（*Den Afrikanske Farm*）が出される。（邦訳は『アフリカの日々』アイザック・ディネーセン著、横山貞子訳、晶文社、一九八一年／『アフリカ農場』カーレン・ブリクセン著、渡辺洋美訳、工作舎、一九八三年／『アフリカ農場―アウト・オブ・アフリカ』カーレン・ブリクセン著、渡辺洋美訳、筑摩書房、一九九二年、『アフリカの日々／やし酒飲み』イサク・ディネセン著、エイモス・チュツオーラ著、横山貞子訳、土屋哲訳、河出書房新社、二〇〇八年収録『アフリカの日々』／『アフリカの日々』イサク・ディネセン著、横山貞子訳、河出書房新社、二〇一八年）

一九四〇年　第三帝国《ナチス・ドイツ》を訪問時、ヒトラーからの招待を断る。デンマークが占領される。

一九四二年　『冬の物語』（*Vinter-Eventyr*）（邦訳は『冬の物語』イサク・ディネセン著、横山貞子訳、新潮社、二〇一五年／『冬物語』カレン・ブリクセン著、渡辺洋美訳、筑摩書房、一九九五年）が出版される。

一九四三年　七千人のデンマークのユダヤ人がウーアスン海峡を渡りスウェーデンに逃亡。

一九四四年　『報いの道』（*Gengældelsens Veje*）（邦訳は『復讐には天使の優しさを』アイザック・ディネーセン著、横山貞子訳、晶文社、一九八一年）がピエール・アンドレゼル（Pierre Andrézel）の名前でデンマークで出版される。
一九四五年　第二次世界大戦終戦。デンマークが解放される。
一九四六年　ブロール・ブリクセンが運転中、スウェーデンの山道でのスリップ事故で亡くなる。
一九四八年　『ヘレチカ』（*Heretica*）第一号刊行。トーキル・ビャーンヴィーと出会う。
一九五二年　オーウ・ヘンリクセンの『カレン・ブリクセンとマリオネットたち』（*Karen Blixen og marionetterne*）が出版される。
一九五五年　入院し、複数の大手術を受ける。

一九五七年　『最後の物語』（*Sidste Fortællinger*）（邦訳は『最後の物語』東宣出版、二〇二五年刊行予定）がデンマークで出版される。

一九五八年　『運命の逸話』（*Skæbne-Anekdoter*）（邦訳は『運命綺譚』カーレン・ブリクセン著、渡辺洋美訳、筑摩書房、一九九六年）（デンマーク語版の『運命の逸話』には『バベットの晩餐会』も含まれている）がデンマークで出版される。ロングステズロン財団が創設される。

一九五八－五九年　アメリカを旅する。

一九六〇年　『草原に落ちる影』（*Skygger paa Græsset*）（邦訳は『草原に落ちる影』カーレン・ブリクセン著、桝田啓介訳、筑摩書房、一九九八年）が出版される。ステーン・アイラー・ラスムッセンがロングステズロンを改修する。

一九六二年　九月七日に七十七歳で亡くなる。

解説
原初の無垢《むく》さを秘めた作家イサク・ディネセンの生涯と作品を辿れる小さな本
～『ブリクセン／ディネセンについての小さな本』～

渡辺祐真

個人的に、ノーベル文学賞を受賞すべきだったと思っている作家が三人いる。それがウラジーミル・ナボコフ、グレアム・グリーン、そして本書の主人公となるイサク・ディネセン（／カレン・ブリクセン）（以降ディネセンと呼ぶ）だ。

ディネセンに目を開かれたきっかけは、友人から教えてもらった『不滅の物語』という短い作品だ。

彼女の描く世界と紡ぐ言葉にどっぷりと浸ると、美と愚かさと幸福と傲慢と虚栄と郷愁と愛慕と後悔と羞恥と欲情と怨嗟《えんさ》が、入れ替わり立ち替わり私を襲った。それまで私が読んできた本といえば、善と悪がはっきり分かれていたり、なにか一つの方向性や色へと収斂《しゅうれん》していくものばかりだったが、ディネセンの作品は安易な解釈を許さない。

『不滅の物語』の内容を簡単に紹介しよう。

主人公はミスター・クレイという商売人。冷徹で人を信用せず、愚直に金儲けにだけ邁進《まいしん》してきた彼は、すっかり年老いて死が目前に迫っている。今では、若い事務員のエリシャマに過去の帳簿を読み上げさせるのが唯一の楽しみだ。

だがさすがに何度も読み上げられて、帳簿にも飽きてきた。気の毒に思ったエリシャマが聖書を読んでやるが、ありもしないことに何の価値があるのかと彼は否定する。極度の現実主義者で、商売のことだけを考えてきた彼は、経済に関するもの以外の文章を読んだことがなく、フィクションという「役に立たない」ものを理解できないのだ。

しかし、世の中には現実に起きていないことを語る「物語」というものが存在するのだとエリシャマが言って聞かせると、クレイはそんな非現実的なものの存在は認めないと激怒。そして、船乗りの間に伝わる、伝説めいたとある物語を、財力に物を言わせて実現しようとする。


ざっと以上のようなストーリーだ。

この物語は、幾層もの苦味が折り重なっている。財力に物を言わせて非現実をも我が物にしようとする豪商クレイ、同じく現実主義者ながら冷めた認識を保つ見習いエリシャマ。彼らによって仕組まれた「物語」とそれを演じさせられる一組の男女。しかし、クレイの意図に反して新たな物語が生まれていく……。

このように書くと、強欲で文化を解さない金持ちの企みが頓挫し、やはり物語は強いのだという「安易」な解釈に走りたくなるかもしれない。

確かに世の文学を愛する人々はそういう話が大好物だ。（僕も好きです。）

だがディネセンという作家はそんな簡単な図式化を許さない。

その立役者はいくつかある（例えば、映画のカメラのように機能する部屋に設えられた鏡、作品の下敷きになっているフランスの小説『ポールとヴィルジニー』など）が、特に大事なのはラストシーンだ。「物語」を演じさせられた船乗りの青年から、エリシャマは貝殻を手渡され、その貝殻を耳に当てる。

> エリシャマは佇んだまま見送った。大柄な若々しい体が見えなくなると、貝殻を耳に押し当ててみた。すると遠くで波が砕けるような、低い、潮騒に似た音が聞こえた。エリシャマの顔に船乗りのそれと同じ表情が浮かんだ。家のなかと、物語の新たな声から優しくて不思議な、深い衝撃を受け、「これは聞いたことがある」と思った。「ずいぶん遠い昔だ。それにしてもどこだったかな」
>
> エリシャマの手が耳からはなれた。
>
> 『不滅の物語』イサク・ディーネセン著、工藤政司訳、国書刊行会、一九九五年

貝殻から聞こえる遠い昔の物語の音。

小さな小さな音だ。ただ、貝殻を耳に当てようと思う人にだけそっと囁きかけるような音。ここには物語の声なき声、物語のしぶとさと弱さが詰まっている。

物語のしぶとさと弱さと言ってもピンときづらいので、少しだけ説明させてほしい。

物語というものは、歴史的にみてもしばしばプロパガンダとして利用される。例えば第二次世界大戦では、海軍に従事する桃太郎や、ナチスに扮したドナルドダックが描かれた。あるいは、既存の物語にアクロバティックな解釈を加えることで、政治的な意味を付すということもされてきた。

物語はそうした特定の意図によって簡単に操作されてしまうし、金さえあれば簡単に作り変えられてしまう。実際、『不滅の物語』でもクレイの企みはある程度まで成功する。それが物語の弱さであり、危険性と表現してもいいかもしれない。

だが、『不滅の物語』で描かれたように、物語は完全には支配されず、自由な稚魚のように自分でどこかへと泳いでいってしまう。そしてなによりも原始的な物語は、それを聞き届けようとする者には必ず囁いてくれる。

エリシャマも現実主義者だが、貝殻を耳に当ててみようかと思える程度には物語への信頼があった。

だから貝殻からは物語が鳴った。

物語はしぶといのだ。踏まれても踏まれても立ち上がる雑草とでも言えばいいか。花のような絢爛《けんらん》さも、薬草のような実益にも乏しいが、とにかくしぶとい。雑草を指して、その程度だねと思うか、彩り豊かだと感嘆するか、それは読者次第だが、とにかく「不滅」であることだけは確かだろう。

すっかり長くなった。だが、こうしたディネセンの気質をぴたりと言い当てる言葉が本書にあった。それを分かち合いたいがために（そして、ディネセンという作家に関心を持ってもらいたいがために）、お付き合いいただいた。

それが次の文章だ。

> ブリクセンの物語の完全な中心にあるのは、人間としての人生がはじまることで失われた無垢《むく》さでした。カレン・ブリクセンの作品の主人公のほぼ全員が、完全な人間になるために罪人になる経験をしています。貴重な真珠をなくすといったありふれた罪であろうと、愛する者を裏切るとか殺人を犯すとかいった大きな罪であろうと、カレン・ブリクセンの物語の登場人物たちは、光が存在するのはまさに暗闇の中であるということを体現します。作家としての大きな強みの一つは、読者を手の平に載せ、魂の隅から奥底までを揺り動かし、影が最も濃くなろうとも決して手を放さないことです。浮気、病、死、裏切り、絶望――読者は、ブリクセンが実際にこれらを経験し、それを乗り越えたことを感じとります。

ディネセンの物語で描かれるのは「無垢《むく》さ」だ。

しかしただの無垢《むく》ではなく、大きな罪を経ての無垢《むく》さ。それが安易な解釈を許さないという意味であり、物語のしぶとさと弱さを指す。

イサク・ディネセン／カレン・ブリクセンは、一筋縄ではいかないが、文学を読むことの悦びと苦しさを教えてくれる稀有な作家だ。翻訳書もかなり出ているし、アカデミー賞を受賞した『バベットの晩餐会』といった映画でも知られている。だが、彼女の生涯や作品について手軽に学べる本がほとんどなかった。

そこで本書だ。本書は、ディネセンの生涯を簡潔な記述と豊富な写真で辿りながら、実人生と強く結びつけて作品群を解説していく。

一八八五年にデンマークで生まれ、三十歳の頃に夫とアフリカへ渡って農場経営をするも失敗、大恋愛の果てに無一文でデンマークに戻り、コツコツと創作活動をはじめる。作家として日の目を見るようになったのは五十歳を目前に控えた頃だった。その後、第二次世界大戦の前後で各国を飛び回りながら反戦のために果敢に筆を取り、戦後には再び各国を旅しながら、後進の芸術家や女性のために慎重に言葉を紡いだ。生涯に幕を下ろしたのは一九六二年、七十七歳のときだった。

数々のエピソードに溢れている。幼い頃には父親が自殺をし、家が火事になるなどの不幸に見舞われ、芸術家になるために突然学校を辞めてヨーロッパを放浪したり、アフリカでライオン狩りをしたり、女性問題について訊かれた際には回答までに十四年の歳月を要したり。

そうした人生の様々な局面について、本書は彼女の小説やエッセイと注意深く結びつけながら、彼女の生涯と作品との往復を大切にしている。そのことを端的に示したのが、本書の中の次の言葉だろう。

> カレン・ブリクセンにとって「物語」とは、単なる寝かしつけのための子守歌でも手に汗握るようなミステリーでもなく、人生そのものでした。物語は人生であり、人生は物語だったのです。

最後に一つ補足をしておきたい。

本書はこれからディネセンを日本語で読もうという人々に対する配慮が手厚い。作品について言及されると、必ず日本語訳書の紹介がなされるし、本書の巻末には訳者からの質問と著者からの回答や年表が付されている。

ぜひ本書からディネセンに出会ってほしい。

2024年12月2日　初版第1刷印刷
2024年12月2日　初版第1刷発行
著　者　スーネ・デ・スーザ・シュミット＝マスン
訳　者　枇谷玲子
装　丁　大倉真一郎
装　画　坂口友佳子
本文DTP　株式会社キャップス
印　刷　シナノ書籍印刷株式会社
製　本　シナノ書籍印刷株式会社
発行所　合同会社子ども時代
〒353-0004
埼玉県志木市本町2-12-53-5
https://barndombooks.com/
電話　048-278-9091　FAX　048-278-9091
乱丁・落丁本は送料小社負担にておとり替えいたします。
ISBN　978-4-9912293-1-2
Printed in Japan

子ども時代
Barndom Books

好評既刊

ウッラ・デュアルーヴ著、ナシエ イラスト、枇谷玲子訳、2860 円（税込）ISBN978-4-9912293-0-5

『デジタルおしゃぶりを外せない子どもたち』

デンマークで心理士として働く著者は、近年、デジタル世界とどうつき合えばいいか悩む親子の声を頻繁に耳にするようになってきた。せっかくの家族団欒の時間に、ゲーム機や携帯電話の画面をのぞきこんでばかりいる子、SNS に投稿した写真や動画への反応が気になっていつも上の空で、家族とろくに口をきかない子、ゲーム依存に陥り、部屋に閉じこもって不登校になる子……。

「電源を切ってしまえばいいじゃないか」と世間の人は言うのかもしれないが、ことはそう単純ではない。子どもたちの多くが、学校の授業や家での宿題にタブレットの使用が必須になっている今のデンマークでは、デジタル機器の使用を禁じるのはかつてほど容易でなくなってきているのだ。

子どもたちがデジタル世界に興味を持つきっかけとなっているのは、実は親であると著者は指摘する。親が日に何度も画面をのぞきこむ様子を目にしながら育った子どもたちが、「あれはとても面白いものなんだな。もしかしたら自分より大事なんじゃないか」と思うのも無理はない。

さらに著者は、わが子をデジタル機器で遊ばせたままにして、その子がデジタル世界上の何に興味を持っているのか、知ろうとしない親が増えてきている、と警鐘を鳴らす。

子どもたちのデジタルライフに親が興味を持ち、ともにわくわくしながら会話し、楽しみ、子どもの心に寄り添うにはどうすればいいのか、ICT 教育先進国デンマークの心理士が実例とともに示す。